LA NUIT SORT LES DENTS

Catalogage avant publication de Bibliothèque et Archives nationales du Québec et Bibliothèque et Archives Canada

Chabin, Laurent, 1957-

La nuit sort les dents

(Atout; 140)
Pour les jeunes de 14 ans et plus.

ISBN 978-2-89723-293-1

I. Titre. II. Collection: Atout; 140.

PS8555.H17N84 2013   jC843'.54   C2013-941243-3
PS9555.H17N84 2013

Les Éditions Hurtubise bénéficient du soutien financier des institutions suivantes pour leurs activités d'édition:

- Conseil des Arts du Canada;
- Gouvernement du Canada par l'entremise du Fonds du livre du Canada (FLC);
- Société de développement des entreprises culturelles du Québec (SODEC);
- Gouvernement du Québec par l'entremise du programme de crédit d'impôt pour l'édition de livres.

Conception graphique: Fig communication
Illustration de la couverture: Julie Larocque
Mise en page: Martel en-tête

Copyright © 2013, Éditions Hurtubise inc.

ISBN 978-2-89723-293-1 (version imprimée)
ISBN 978-2-89723-294-8 (version numérique PDF)
ISBN 978-2-89723-295-5 (version numérique ePub)

Dépôt légal: 4e trimestre 2013
Bibliothèque et Archives nationales du Québec
Bibliothèque et Archives Canada

Diffusion-distribution au Canada: Diffusion-distribution en Europe:
Distribution HMH   Librairie du Québec/DNM
1815, avenue De Lorimier   30, rue Gay-Lussac
Montréal (Québec) H2K 3W6   75005 Paris FRANCE
www.distributionhmh.com   www.librairieduquebec.fr

Imprimé au Canada
www.editionshurtubise.com

LAURENT CHABIN

LA NUIT SORT LES DENTS

NOTE DE L'AUTEUR

Ce roman a été écrit au cours d'un atelier d'écriture organisé en 2013 dans le cadre de La bataille des livres[1], en Suisse, avec la participation d'une quinzaine de classes de différents pays francophones dont la liste figure à la fin de ce volume.

Je remercie Marjorie Kuenzi et Zita Bitschnau, de La bataille des livres, ainsi que toute leur équipe, pour leur invitation à animer cet atelier.

Merci également aux classes qui ont travaillé avec moi, et dont les élèves ont élaboré l'intrigue et défini les personnages de cette histoire.

L.C.

1. http://www.bataille-des-livres.ch

1

CAUCHEMAR

Un ivrogne qui cuve sa bière?

Ma première réaction est de changer de chemin pour l'éviter. De passer de l'autre côté de la petite pièce d'eau qui occupe le centre du square et est déjà envahie par des plantes aquatiques aussi hautes que moi.

De loin, à cause de ces roseaux justement, je n'ai vu que ses pieds qui dépassaient de la bordure du minuscule étang. Mais très vite, quelque chose m'a paru bizarre. Un ivrogne, même imbibé d'alcool au dernier degré, ne dormirait pas avec la tête *dans l'eau*!

Intrigué, je m'approche davantage. Dans l'ombre, malheureusement, je ne vois pas cette grosse pierre plate qui affleure la surface du sol et je trébuche en étouffant un cri de douleur. Je m'affale de tout mon long sur le corps inanimé. Aussitôt, une sorte de dégoût s'empare de moi. Le ventre de l'homme est trempé et poisseux! Le liquide est encore tiède...

Je me relève d'un bond, les jambes flageolantes. Un cadavre! Je viens de tomber sur un cadavre!

Mes mains me semblent humides. Je les examine tant bien que mal malgré l'obscurité. Du sang, ou simplement de la boue? Puis je remarque une longue tache qui macule le devant de mon T-shirt. Ce ne peut pas être de la boue. Je me suis servi de mes mains pour amortir ma chute et ma poitrine n'a été en contact qu'avec le corps de l'homme mort. C'est donc bien du sang. Son sang…

Le mien se glace. Je me redresse tout à fait et je regarde autour de moi, mort d'angoisse à l'idée que quelqu'un m'ait aperçu ainsi, ensanglanté devant cet inconnu gisant à mes pieds. On pourrait en déduire que…

Personne en vue, heureusement.

Si, pourtant. Là-bas, dans la rue Saint-Ambroise, une silhouette en mouvement attire mon attention. Elle se trouve trop loin pour que je puisse l'identifier, mais il m'est impossible de ne pas reconnaître son blouson. Océane! Océane et son magnifique blouson de satin rouge. Rouge vif…

Mais que fait-elle par ici alors que je viens à peine de quitter son appartement, où j'ai passé la soirée avec elle? Il est vrai que j'ai musardé en route. Mais tout de même…

Trop tard, en tout cas. Elle a disparu. Entre deux nuages, la lune apparaît enfin, jetant un peu d'une lumière blanche et froide sur la scène. Malgré moi, mes yeux reviennent vers le cadavre. Cette fois, je distingue nettement le couteau planté en plein abdomen. Et c'est le choc!

Il n'y a pas deux couteaux identiques dans tout Montréal. Peut-être même dans le monde entier! Ce long manche en ivoire travaillé, avec une dent d'ours polaire incrustée à l'extrémité. Le couteau d'Océane!

C'est donc elle qui a…?

Non, c'est impossible! Océane est vive, oui, et elle a un tempérament parfois explosif, mais elle n'est pas violente. Enfin, pas à ce point… Que s'est-il vraiment passé?

Quoi qu'il en soit, il m'est impossible de rester là plus longtemps. Des patrouilles de police passent constamment par ici. Avec le sang de la victime sur mes vêtements, j'aurai du mal à m'expliquer si l'une d'elles me tombe dessus. Par comble de malchance, au moment même où je me fais cette réflexion, une voiture du service de police de la Ville de Montréal apparaît dans la rue qui longe le square. La panique me submerge d'un seul coup!

Au lieu de m'accroupir et de me dissimuler – car ces policiers ne font sans doute qu'une ronde de routine et ils ne m'auraient probablement même pas aperçu si je m'étais caché –, je détale vers le canal tout proche dans le but insensé de rentrer chez moi au plus vite.

Quel idiot je fais là! Les agents m'ont repéré, bien sûr, et la voiture accélère, comme pour me prendre en chasse.

Emprunter la passerelle toute proche et passer de l'autre côté du canal, à Verdun? C'est absurde. J'ai tout du type qui n'a pas la conscience tranquille et les policiers ne me lâcheront pas, quitte à me poursuivre à pied. Autant renoncer tout de suite. D'autant que, même s'ils n'en ont en principe pas le droit, je sais qu'ils tirent parfois sur les fuyards.

Je m'immobilise donc et attends, nerveux. La voiture se gare lentement à quelques mètres de moi, près du trottoir. Les agents se méfient. Une vitre s'abaisse.

— Ne tentez pas de vous enfuir!

Oh non! Je ne vais rien tenter du tout.

Voyant que je ne bouge pas, les deux policiers descendent enfin de leur véhicule. L'un d'eux braque sa lampe sur moi. Le faisceau lumineux s'attarde sur la tache pourpre, bien visible sur mon T-shirt clair.

Sans un mot, son collègue dégaine son arme de service et la pointe vers moi.

Sa voix claque dans la nuit, sèche, menaçante :

— Pas un geste !

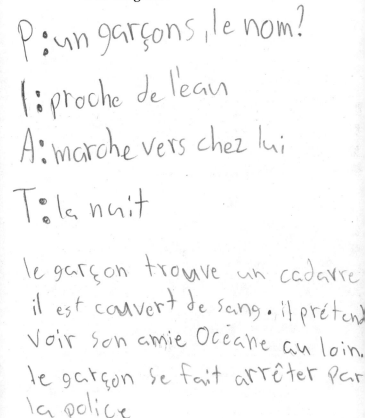

P : un garçons, le nom ?

I : proche de l'eau

A : marche vers chez lui

T : la nuit

le garçon trouve un cadavre il est couvert de sang . il prétend voir son amie Océane au loin. le garçon se fait arrêter par la police

2

CAS DE CONSCIENCE

Le cauchemar a duré une bonne partie de la nuit.

Aussitôt après m'avoir arrêté, les policiers m'ont emmené au poste de police. En route, nous avons croisé une ambulance qui, toutes sirènes hurlantes, se dirigeait vers le square Sir-George-Étienne-Cartier.

— Je vous jure que ce n'est pas moi, ai-je bredouillé quand, après un bref interrogatoire dans la rue même, les deux agents m'ont reconduit dans le petit parc où, à leur tour, ils ont découvert le corps de l'inconnu baignant à demi dans l'eau rougie par son propre sang.

Impassible, un des policiers me questionnait sans relâche tandis que son collègue, après avoir appelé des renforts, examinait mes papiers. Je ne pouvais que répéter inlassablement :

— Je traversais le square pour rentrer chez moi et j'ai aperçu le corps. J'ai pensé que cette personne avait peut-être un problème et je me suis approché, puis j'ai trébuché et je suis tombé sur lui.

— Tu connais cet homme ? m'a-t-on encore demandé.

— Je ne l'ai jamais vu.

— Pourquoi as-tu cherché à t'enfuir ?

— J'ai eu peur. J'ai été pris de panique.

— À qui appartient ce couteau ? C'est le tien ?

— Non, non, ai-je bégayé…

Le policier me fixait droit dans les yeux et mon malaise devait être perceptible. Devinait-il que je le dupais ? Même s'il ne semblait pas avoir peur de moi, il n'avait pas rengainé son arme.

Deux patrouilleurs de police sont bientôt arrivés et les hommes ont commencé à définir un périmètre de sécurité autour de la scène de crime en déroulant des bandelettes jaunes fluo. Puis on m'a fait monter dans une des voitures. C'était comme dans une série télévisée, sauf que j'étais en plein dedans et que je ne pouvais pas éteindre la télé ni changer d'émission en appuyant sur un bouton…

Je n'ai pas pu voir ce qui s'est passé ensuite car on m'a emmené. Je suppose que les policiers ont relevé les traces, qu'ils ont placé le couteau dans un petit sac en plastique et qu'ils l'ont envoyé au laboratoire de la police pour analyser les empreintes.

Là-bas, dans une pièce petite mais brillamment éclairée, d'autres hommes m'ont interrogé. Certains en civil. Ils posaient constamment les mêmes questions, en rafale, comme si je n'y avais pas déjà répondu cent fois. Est-ce que je connaissais la victime, est-ce que le couteau était à moi, est-ce que j'avais vu quelqu'un s'enfuir… J'étais affolé mais je tentais tant bien que mal de rester cohérent et de répondre chaque fois la même chose.

Je savais pourtant que je mentais et que, si la situation se poursuivait, je finirais par m'embrouiller et par craquer. J'en transpirais d'angoisse, mais je ne voulais à aucun prix parler d'Océane. Combien de temps allais-je tenir face à ces professionnels tenaces et rusés ?

Heureusement, comme je suis encore mineur – même si ce n'est plus pour long-temps – on a assez vite appelé mes parents. Et là, d'un seul coup, tout a changé. Ma mère est chirurgienne et mon père avocat. Assez renommé dans le milieu, d'ailleurs. Si j'avais pu croire que j'en serais aussi heureux un jour…

L'attitude des policiers s'est aussitôt assouplie. Ils n'avaient plus sous la main un jeune voyou issu d'un quartier défavorisé mais un fils de famille honorablement connu, au casier judiciaire sans tache et aux relations avantageuses. Lorsque mon père est arrivé, tout fringant dans son costume Armani, fleurant bon un parfum de luxe, des citations d'articles de loi plein la bouche, il m'a même semblé que les policiers étaient gênés.

J'en ai été soulagé mais, en même temps, j'étais outré par cette injustice flagrante : si je n'avais été qu'un de ces pauvres garçons comme il y en a tant à la polyvalente de Saint-Henri, sans défense, sans relations, ils m'auraient sans doute traité comme un chien. Ils m'auraient même frappé, qui sait. Humilié, insulté…

Max, le frère d'Océane, m'a parfois parlé de ses démêlés, heureusement sans gravité, avec les forces de l'ordre. Lui, il en a bavé, à quelques reprises. Il faut dire que c'est un vrai rebelle. Mais lorsque je tentais d'en discuter avec lui et que je l'assurais que j'étais de son bord, il haussait les épaules en ricanant et laissait tomber :

— Non, Alex, tu n'es pas de mon bord. Quoi que tu fasses, quoi que tu penses, tu ne le seras jamais. Toi, tu es né du bon côté.

Je dois reconnaître aujourd'hui, à ma grande honte, qu'il avait raison. Alors, me suis-je dit, autant en profiter. Et ne pas lâcher le nom d'Océane devant la police. Elle n'aurait pas ma chance…

le garçon a été apporter dans une autre pièce pour lui poser des question. Ses parent on été appeler Sa mère est chirurgienne et père avocat le garçon ne dit pas le nom Océane lors des question

3

OCÉANE

Océane... Rien que son nom me fait chavirer...

Je la connais depuis deux ans environ. Elle avait quatorze ans à l'époque et fréquentait la même école que moi, la polyvalente de Saint-Henri.

J'avais dû insister pour aller dans cette école : mes parents, bien sûr, voulaient m'inscrire dans une école privée à Westmount. J'avais refusé. Puisque nous vivions à Saint-Henri – mes parents venaient d'y acheter un loft luxueux situé au bord du canal de Lachine –, j'irais à l'école à Saint-Henri. Je ne voulais pas de ces privilèges. Ma mère avait soupiré et mon père avait haussé les épaules, l'air de dire «laissons-le faire, il changera bientôt d'avis».

Je n'ai pas changé d'avis. Même si de nombreux camarades de classe se méfient encore de moi parce que je ne suis pas de leur monde, parce que je suis un «riche», je me suis fait assez d'amis par ailleurs pour ne pas regretter mon choix.

Océane, comme bien d'autres au début, était plutôt hostile à mon égard, il faut le reconnaître. Tout semblait nous séparer. Je suis issu d'un milieu plus qu'aisé alors qu'elle est pauvre ; mes deux parents sont en vie alors que son père est mort, et que sa mère l'a abandonnée et a disparu lorsqu'elle n'avait que huit ans ; elle déteste l'école alors que je suis persuadé que l'école est nécessaire. C'était comme si nous vivions dans deux univers parallèles.

Nous nous sommes finalement rencontrés au journal de l'école. J'avais insisté auprès de mon prof de français pour monter un journal dans lequel les élèves pourraient s'exprimer librement, parler de leurs problèmes, y trouver, qui sait, des solutions. Je voulais aussi donner l'occasion à mes camarades de classe de connaître les auteurs dont j'avais adopté les idées, au cours de mes innombrables lectures, et qui avaient fait de moi, au moins intellectuellement, un réfractaire.

La direction avait accepté le projet et on m'en avait confié la responsabilité. Je faisais office de directeur de la publication, bien que je n'aime guère le titre de directeur.

Océane s'est présentée un jour en fin d'après-midi au local où je m'occupais de mettre en page les articles que je souhaitais publier dans le prochain numéro. Je m'en souviens comme si c'était hier.

Je l'avais souvent aperçue auparavant, mais nous ne nous étions jamais adressé la parole. Elle avait une réputation de sauvage. J'ai été surpris de la voir, surgissant là sans prévenir.

Elle s'est arrêtée sur le seuil et m'a longuement dévisagé, sans dire un mot. Ses cheveux d'un noir de corbeau étaient hérissés sur sa tête comme si elle s'était coiffée avec un pétard. Cela, de même que ses yeux pénétrants – de la même couleur –, son attitude générale, distante et agressive, lui donnait l'air d'une sorte de divinité infernale, de quelque personnification de la vengeance ou de la furie.

Au bout d'un moment, elle s'est avancée vers moi et a jeté une feuille pliée en deux sur la table. D'un ton presque méprisant, elle a sifflé :

— Tiens, serais-tu capable de publier ça ?

Puis elle a tourné les talons et elle a disparu.

J'ai déplié le papier et lu son texte. Il s'agissait d'une diatribe furieuse contre le système scolaire, qu'elle accusait de formater les jeunes pour en faire de parfaits robots, de futurs esclaves dont pourraient profiter sans vergogne les seigneurs de ce monde qui allaient les exploiter. Elle avait un style enflammé qui ne manquait pas de panache, il faut l'avouer, mais son argumentaire manquait parfois de rigueur et de logique.

Le lendemain, je l'ai croisée dans un couloir et je lui ai demandé si elle tenait toujours à publier son texte.

— Tu te dégonfles, hein! a-t-elle ricané en me gratifiant d'un regard railleur.

— Pas du tout, ai-je répliqué. Je vais le publier, ton texte, tu vas voir. Je ne suis pas d'accord avec tout ce que tu dis, mais tu as un style que j'aime beaucoup. Tu as vraiment l'étoffe d'une écrivaine. Dommage que ton raisonnement ne soit pas à la hauteur, tu aurais pu faire quelque chose de formidable.

Elle m'a dévisagé, l'air mauvais. Mais intriguée tout de même.

— Qu'est-ce que tu veux dire?

— Je veux dire que ton texte, même s'il est inspiré par des idées justes et généreuses, serait beaucoup plus crédible, beaucoup plus percutant si tu l'avais travaillé davantage. Il y a des lacunes, des raccourcis un peu abrupts, des maladresses qui l'affaiblissent et lui font perdre son efficacité.

— Il ne te plaît pas, c'est ça? Je le savais…

— Si, il me plaît. Il me plaît beaucoup, même. Je te l'ai dit, tu as du style. C'est rare. Mais si tu veux écrire pour faire passer des idées, tu ne dois pas te borner à les claironner haut et fort. Tu dois les organiser de telle manière qu'elles ne soient pas faciles à réfuter, et pas te contenter de les jeter là comme une poignée de cailloux.

Le regard d'Océane était toujours fixé sur moi, mais il avait perdu de son assurance. Elle a commencé à se mordiller la lèvre inférieure. Elle ne s'attendait probablement pas à ce genre de réponse. Elle devait être habituée à se faire rabrouer, rejeter, et j'avais bien compris que, même si elle était sincère dans son écriture, le fait de m'avoir proposé son article pour le journal de l'école tenait surtout de la provocation.

— Il y a beaucoup de gens qui pensent comme toi, ai-je repris. Certains sont remarquablement intelligents, ils ont écrit sur le sujet. Des textes parfois anciens, mais toujours d'actualité. Je te prêterai leurs livres, si tu veux.

Les yeux d'Océane se sont ouverts un peu plus. Elle a cessé de mordiller sa lèvre et elle est restée bouche bée un instant, interloquée, avant de prononcer d'un ton incrédule:

— Tu veux me prêter des livres ?

La chose avait l'air de lui paraître extraordinaire.

L'article d'Océane, finalement, a été refusé au dernier moment par la direction de l'école, et elle m'en a voulu pendant des semaines, me tenant pour responsable de cette décision. J'ai alors décidé de quitter toute fonction « officielle » dans la publication, pour bien marquer mon désaccord avec cet acte de censure.

Lorsqu'elle l'a appris, Océane est venue me voir.

— Tu n'étais pas obligé, m'a-t-elle dit sans préambule. Tu es peut-être quelqu'un de bien, mais ce n'est pas la peine de te préoccuper de mes affaires. J'ai l'habitude de me débrouiller seule.

— Je ne l'ai pas fait pour toi mais pour moi, ai-je répondu avec fermeté. Si je crois à ce que je fais, alors je dois le faire jusqu'au bout et en supporter les conséquences.

Océane m'a d'abord dévisagé, incrédule, puis, pour la première fois, elle m'a souri. Je lui ai rendu son sourire, et c'est ainsi que notre amitié a débuté.

Je lui ai fait lire le *Petit cours d'autodéfense intellectuelle* de Normand Baillargeon, puis je lui ai fait découvrir d'autres auteurs, romanciers ou essayistes, qui parlent de liberté, de servitude, qui refusent d'entrer dans ce schéma simpliste auquel croient les gens sans se rendre compte qu'ils n'en sont que les victimes consentantes.

Je l'ai aidée à soigner son écriture, à affiner ses raisonnements, tout en l'encourageant à ne jamais céder sur le fond. Nous avons eu de longues discussions, lors de nos promenades le long du canal de Lachine. Elle ignorait tout de la politique, qu'elle rejetait avec mépris, mais elle se montrait avide de connaissances et elle a vite compris que le savoir et la pensée sont essentiels pour ne plus se laisser berner par le système.

Cependant, plusieurs mois plus tard, nous n'étions jamais encore allés l'un chez l'autre. Je savais qu'elle vivait à plusieurs rues vers l'ouest, rue Sainte-Marie, et elle n'ignorait pas que j'habitais un loft luxueux installé dans une ancienne usine du bord du canal, non loin du marché Atwater.

Je me doutais bien que cette richesse la gênait, et que le sentiment de sa propre pauvreté l'empêchait de me montrer l'endroit où elle vivait. Je le connais pourtant bien, ce quartier. Dans ses aspects miséreux comme dans son nouveau visage «bobo». J'ai vu, en quelques années, les dépanneurs, les laveries automatiques et les gargotes de quartier céder la place à des galeries d'art et à des restaurants plus chics.

Petit à petit, néanmoins, j'en ai appris un peu plus sur la vie d'Océane et sur sa famille, au hasard de ses rares confidences. Car elle demeure en général secrète et méfiante, ayant assez souffert dans son enfance pour avoir développé une sorte de carapace qu'elle croit protectrice.

Océane est née à Saint-Henri et elle y a toujours vécu, sauf lorsque les tournées de ses parents l'entraînaient dans d'autres provinces ou d'autres pays. Toutefois, ce nomadisme est terminé depuis longtemps.

Son père et sa mère étaient artistes de cirque. Lui, Frank, était un lanceur de couteaux renommé et elle, Natasha, une trapéziste. Il y a environ huit ans, sa mère a disparu et n'a plus jamais donné signe de vie. Frank, lui, est décédé quelques jours plus tard, ivre mort, le crâne fracassé au bas de l'escalier de fer qui menait chez eux, rue Sainte-Marie.

— En tout cas, c'est la version officielle, a murmuré Océane en serrant les poings, tandis que, pour une fois, elle s'était laissé aller à de plus longues confidences, assise près de moi sur un banc en face de l'écluse.

— La version officielle? ai-je demandé, intrigué.

Océane a haussé les épaules.

— C'est ce qu'a prétendu la police, a-t-elle rétorqué avec un mouvement d'humeur. Il avait de l'alcool dans le sang, beaucoup d'alcool, et comme ma mère venait de nous abandonner, ils en ont conclu qu'il avait bu sous l'emprise de la dépression et qu'il avait perdu l'équilibre. Ou qu'il s'était suicidé.

Elle est demeurée un long moment silencieuse, les poings tellement serrés que je voyais ses jointures devenir blanches, avant de reprendre d'une voix rauque:

— Mon père ne buvait jamais. Un lanceur de couteaux ne boit pas. Et l'idée de suicide ne l'a jamais effleuré, j'en suis persuadée. Il nous aimait trop. On l'a tué, voilà ce que je dis. Max est de mon avis. Ces sales flics n'ont jamais voulu nous écouter.

Max est le frère aîné d'Océane. Il a vingt ans. Ils habitent tous les deux chez leur grand-mère, Laura, la mère de Frank. C'est elle qui s'est occupée d'eux depuis la disparition de leurs parents, tant bien que mal, vivant de petits travaux et de ménages.

Max et Océane adoraient leur mère et ils n'ont jamais compris ce qui l'avait poussée à les abandonner subitement. Elle s'en était expliquée de façon très malhabile (les artistes de cirque ne sont pas forcément des écrivains-nés) dans une courte lettre adressée à son mari. Sa famille était une entrave à son métier, disait-elle en substance, et la naissance de ses deux enfants avait brisé net sa carrière de trapéziste.

Ils n'avaient plus jamais entendu parler d'elle.

La mort de Frank, à quelques jours de là, avait précipité la famille dans la douleur et la misère, ni lui ni Natasha n'ayant laissé la moindre fortune derrière eux. Laura avait récupéré les deux enfants et le chat d'Océane, Dagobert, dans son minuscule appartement de la rue Sainte-Marie. Elle les avait élevés avec un courage exemplaire.

Il ne restait à Océane que deux souvenirs de son père : ce magnifique blouson de satin rouge qu'il avait lui-même taillé dans la cape de magicien de son propre père, un illusionniste de cirque assez connu à l'époque, et ce long couteau de chasse au manche incrusté d'une dent d'ours, cadeau que lui avait fait un Inuit à qui il avait sauvé la vie lors d'une tournée dans le Grand Nord.

Ce couteau que je viens de retrouver planté dans le ventre d'un homme que je n'avais jamais vu auparavant, dans le square Sir-George-Étienne-Cartier…

arme du crime couteau de chasse au manche incrusté d'une dent d'ours

Paragraphe 2: explique comment Océane et le garçon se sont devenu amis

4

LE COUTEAU

Je suis finalement rentré chez moi au milieu de la nuit, accompagné par mon père. Ma mère venait d'arriver de l'hôpital. Elle avait été retenue aux urgences par une opération longue et délicate. Mon père l'avait prévenue au téléphone et elle nous attendait dans le grand salon, exténuée et nerveuse.

Mon père s'est assis dans son fauteuil, près de la fausse cheminée, et il s'est servi un whisky. Valérie, ma mère, n'a rien voulu prendre. Quant à moi, il ne m'a rien offert…

Après un long silence durant lequel il a maintenu ses yeux fixés dans les miens, avec sans doute l'intention de me déstabiliser, il a prononcé d'une voix calme et posée :

— Alex, tu dois tout me dire. Je dis bien TOUT. Est-ce clair ?

Froid et calculateur, maître Nicolas Péladeau ne jouait plus le rôle de l'avocat mais celui de l'accusateur public. Son ton, en apparence neutre, était dans le fond culpabilisateur. Je ne pense cependant pas que, même à ce moment-là, il me croyait réellement coupable du meurtre de l'inconnu survenu quelques heures plus tôt. Il cherchait plutôt par ce moyen à me pousser dans mes derniers retranchements, à me perturber, voulant s'assurer que je n'allais pas lui mentir.

Ma mère, pendant ce temps, se tortillait sur son siège comme si elle avait été assise sur une fourmilière. Je voyais venir le moment où les larmes allaient lui monter aux yeux.

— J'ai *déjà* tout dit, papa, ai-je répondu de la voix la plus assurée dont j'étais capable, tout en soutenant son regard. TOUT.

— Bien, a-t-il laissé tomber avec un soupir. Je ne vais pas te demander de reprendre pour la énième fois ton récit. Je te crois. Mais tu comprends bien que j'aurai besoin de faits, de certitudes pour te défendre. Pour l'instant, nous ne pouvons qu'attendre les résultats des analyses. Si tes empreintes digitales ne sont pas relevées sur le manche du couteau, l'affaire sera vite classée en ce qui te concerne. Cela, je le saurai très rapidement.

Mon père a-t-il remarqué mon trouble soudain? Je ne le pense pas. Après avoir parlé, il s'est simplement abîmé dans la contemplation de son verre. Autant il est un avocat retors et efficace en cour, autant il a toujours été un père défaillant – affectivement, du moins – et jamais il n'a été capable de déceler en moi les manques affectifs que ses absences prolongées de la maison ont provoqués chez moi dans mon enfance. Même si l'argent n'a jamais fait défaut chez nous, j'ai surtout été élevé par les gardiennes d'enfant ou les aides ménagères que ma mère recrutait à temps complet. Au bout du compte, je n'ai toujours été, pour mes parents, qu'une sorte d'étranger.

Ma confusion, heureusement, a été brève. Ce n'est pas à moi que j'ai pensé lorsque mon père a évoqué les empreintes digitales, mais à Océane. Bien entendu, de ce point de vue, je n'ai rien à craindre. Mais qu'en sera-t-il de mon amie?

Indépendamment de la raison pour laquelle elle a commis ce crime, je suppose que celui-ci n'était pas prémédité. L'homme l'aura agressée et elle se sera défendue. C'est ainsi que je veux voir les choses. Mais justement, cela signifie qu'elle aura agi sans préméditation et, donc, sans prendre la précaution de mettre des gants. Ainsi, il y a fort à parier que le manche du couteau porte ses empreintes.

Du coup, la question est de savoir si la police possède déjà un relevé desdites empreintes dans ses fichiers. Océane a-t-elle déjà eu affaire avec la justice? Je ne le crois pas mais, dans le fond, je n'en sais rien. Il y a tellement de zones d'ombre dans le passé d'Océane…

Je ne tiens pas à m'éterniser dans ce salon. L'atmosphère est trop pesante. Je vais embrasser ma mère sur le front, ce que je fais parfois, comme pour la rassurer sur mes sentiments, puis j'annonce que je suis épuisé et que je vais me coucher.

Mon père esquisse un geste vague. Ma mère, frottant ses yeux rougis, est sur le point de dire quelque chose, mais finalement elle pousse un long soupir et elle se tait. Je hausse légèrement les épaules. Nos relations n'ont jamais été plus démonstratives que ça…

Dans mon lit, je ne trouve pas le sommeil. Je ne pense pas que j'aie grand-chose à craindre de la police ou de la justice. Mon père fera tout ce qu'il faut pour éviter le moindre ennui – ne serait-ce que pour ne pas se sentir impliqué lui-même dans une sale affaire. Mon angoisse, pour autant, ne diminue pas.

Pourquoi Océane a-t-elle agi ainsi? Qui est ce type qu'elle a poignardé à mort? Pour autant que j'ai pu en juger en quelques secondes, l'homme était, sinon un vieillard, du moins un individu d'âge mûr. Pas une de ses connaissances, j'imagine.

Ce qui me confirme dans l'idée qu'elle a agi sans préméditation, par accident presque, c'est qu'elle a laissé son couteau dans le corps de la victime. Même un enfant aurait évité cette erreur grossière. Elle a donc dû opérer sous le coup de la peur, de l'affolement. Elle sort souvent le soir, et le bonhomme a dû l'importuner, tenter de la toucher, que sais-je ?

Océane est vive et elle a dû réagir vigoureusement. Mais l'agresseur s'est entêté, il est devenu violent, il a voulu l'attraper... Océane n'a eu d'autre ressource que de sortir son couteau. Je l'ai déjà vue gifler un type qui la harcelait. Avec une telle force qu'il a chancelé et a failli tomber. Océane est mince et de taille moyenne, mais elle est tout en muscles, tout en nerfs, et elle peut se montrer redoutable...

Une autre question me hante. Plus dérangeante, celle-là. Il était près de onze heures du soir quand j'ai quitté son domicile. Il faisait nuit depuis un moment mais l'air était doux. J'avais donc décidé de rejoindre le bord du canal pour rentrer.

Alors que je parvenais au coin de la rue Saint-Rémi, j'ai aperçu la silhouette de monsieur Raffier et de son cochon, qui arrivaient du chemin du canal et venaient de déboucher dans Saint-Ambroise. Autant ce drôle de bonhomme m'amuse parfois, avec ce cochon qu'il héberge chez lui comme animal de compagnie, autant je n'avais vraiment pas envie de le croiser à ce moment-là. Il est bavard comme une pie et je ne sais jamais comment me débarrasser de lui.

J'ai donc discrètement rebroussé chemin et j'ai pris l'avenue Palm pour rejoindre Saint-Ambroise par la rue de Courcelle, en traînant un peu les pieds pour ne pas risquer de tomber sur lui dans la rue Saint-Ambroise.

Océane, en sortant de chez elle juste après moi, a donc largement pu arriver au square avant moi, d'autant plus qu'elle a une démarche plutôt rapide. Mais pour quelle raison l'a-t-elle fait ? Elle n'a pas à me tenir au courant de ses allées et venues, bien sûr, mais elle aurait pu me proposer de m'accompagner, sachant que j'allais dans la même direction.

S'est-elle décidée brusquement ? Ou bien a-t-elle voulu me rattraper pour me dire quelque chose ? Sans doute, oui. Je me pose des questions idiotes. Ne pouvant deviner que j'avais changé d'itinéraire, elle a dû se précipiter dans Saint-Ambroise pour me rattraper au parc. Sauf que là, ce n'est pas sur moi qu'elle est tombée. Le vieux Raffier a-t-il eu le temps de l'apercevoir ?

Quand je pense que, si j'avais seulement marché un peu plus vite, rien de tout cela ne serait arrivé...

O

J'ai fini par m'endormir, terrassé par la fatigue et par l'angoisse. Il était plus de dix heures lorsque je me suis réveillé. Je me suis rendu à la cuisine comme un zombi et, contre toute habitude, je suis tombé sur mon père.

Il semblait sortir du même moule que toujours. Rasé de près, costume impeccable, légère fragrance de ces parfums que ma mère achète pour lui dans une parfumerie de Westmount. Il avait aux lèvres cet air pénétré et satisfait qui peut passer chez lui pour un sourire.

— Bien dormi ? m'a-t-il demandé en déposant sur ses genoux une revue professionnelle, moins sans doute pour connaître la réponse que parce qu'il ne savait pas quoi dire.

— Mouais, ai-je grommelé sans conviction, tenant surtout à éviter toute conversation gênante.

— J'ai eu des nouvelles de notre affaire, a-t-il poursuivi avec emphase. La police te laissera tranquille. Elle demande seulement que tu ne t'éloignes pas de Montréal.

— Je n'en avais pas l'intention.

Il attendait manifestement que je l'interroge, pour avoir le plaisir de me répondre avec toute sa science. Je n'en ai rien fait. Il a donc repris de lui-même, dissimulant sa contrariété sous un faux air enjoué.

— En tout cas, les policiers s'en tiennent à ta version pour ce qui est de ta malencontreuse rencontre avec le cadavre. Elle est d'autant plus plausible que les seules empreintes relevées sur le couteau semblent provenir d'une jeune femme. Comme tu n'avais pas de gants sur toi et que les enquêteurs n'en ont pas retrouvé à proximité, tu es apparemment hors de cause.

— Une jeune femme! n'ai-je pu m'empêcher de m'exclamer. Mais comment…?

— La taille des mains, celle des doigts, leur disposition. Les spécialistes de la police sont des scientifiques, Alex. Ils te tracent le portrait physique d'un tueur comme les paléontologues reconstituent un dinosaure à partir d'un bout de fémur et de quelques dents.

J'essaie de retrouver mon calme. Je me dis que, si les empreintes d'Océane étaient connues de la police, celle-ci serait déjà sur sa piste. Son couteau? Personne n'en connaît l'existence. Elle y tenait comme à la prunelle de ses yeux et elle ne le montrait jamais à qui que ce soit. J'ai été une exception. Une fois.

Elle l'a sorti un soir de sa poche, dans la pénombre, alors que nous parlions de ces peuples pour qui le port du couteau est quasi rituel. Je lui avais cité les Écossais qui le glissent dans leurs chaussettes montantes, les Sikhs, les Inuits… C'est alors qu'elle avait exhibé, avec une certaine fébrilité, ce magnifique objet.

— Quand il était jeune, avait-elle expliqué, mon père a participé à un spectacle organisé par l'armée canadienne à Kuujjuaq, dans le Nord. Il y est resté quelque temps et a sympathisé avec un Inuit, à qui il avait sauvé la vie lors d'une partie de pêche ayant mal tourné. L'homme lui a fait ce cadeau avant son départ.

Le manche était superbe, en ivoire de morse, et une canine d'ours polaire était incrustée au bout.

— Avec ça, avait plaisanté Océane en remettant l'objet dans sa poche, je pourrais tuer un ours s'il lui prenait la fantaisie de m'attaquer.

J'avais ri.

Aujourd'hui, je ne ris plus…

5

LE MORT

Pourquoi n'ai-je pas dénoncé Océane?

Quelles que soient les raisons qui ont motivé son acte, il s'agit d'un meurtre. Dont elle peut s'expliquer, sans aucun doute. Légitime défense… Elle bénéficierait de circonstances atténuantes. Qui suis-je donc pour faire obstruction à la justice? En me taisant, d'un point de vue juridique, je me rends complice d'un meurtrier. D'une meurtrière, plus exactement.

Et pourtant…

Bien sûr, je ne crois pas à la loi de la jungle; bien sûr, je ne crois pas que la loi doive être celle du plus fort. C'est justement pour ça qu'il existe des lois. Et des juges. Et des avocats pour défendre les innocents présumés. Car tout accusé est censé être innocent jusqu'à ce qu'on ait prouvé sa culpabilité. En principe.

Seulement voilà. Mon père est avocat et je sais comment ça se passe dans la réalité. Enfin, la plupart du temps. Parfois, disons… Et puis, il y a crime et crime. Celui qui détourne des millions de dollars de fonds publics vers des paradis fiscaux n'est que rarement inquiété. Normal: il est souvent celui-là même qui fait les lois! On n'est jamais si bien servi que par soi-même...

Tandis que le pauvre type, sans éducation souvent, qui se fait prendre à voler dans un magasin, ou qui, tout simplement, se trouve dans la rue au mauvais moment, lors d'une manifestation, par exemple, se retrouvera très vite devant un juge, et pas pour se faire féliciter. La justice, justement, est tout sauf juste. Difficile en tout cas de lui faire confiance.

Si je lâche le nom d'Océane dans cette affaire, elle sera coupable avant même d'avoir pu ouvrir la bouche. Contre elle, un témoin sérieux (père avocat, mère chirurgienne), une arme clairement identifiée, et, mieux encore, le profil type du délinquant tel qu'on se l'imagine: milieu défavorisé, comportement asocial, mauvais résultats scolaires, attitude arrogante envers l'autorité...

Car c'est souvent ainsi qu'Océane est cataloguée par l'autorité à laquelle elle est régulièrement confrontée, celle de l'école. Le verdict a résonné bien des fois dans les couloirs de la polyvalente: «Mademoiselle Bourgault, vous êtes une arrogante!»

Néanmoins, je dois savoir. Je ne m'attends pas à ce qu'Océane vienne se confesser à moi. Elle va se taire, nier farouchement. « De quoi est-ce que tu te mêles ? », va-t-elle me dire si je l'interroge. Je la connais, elle va se fermer comme une huître.

Tout ce que je voudrais, pourtant, c'est la protéger. Pourquoi ? Est-ce que je l'aime à ce point-là ?

Oui.

Au début, elle m'intriguait, elle m'intéressait. Elle n'était sans doute pour moi qu'une sorte de sujet d'étude. Mais, de fil en aiguille, à force de discuter, de la côtoyer, à force de mieux la connaître, j'ai éprouvé quelque chose de plus profond. Et j'ai bien dû finir par me l'avouer : je suis amoureux de cette fille.

Ce sentiment n'est pas partagé, hélas. Elle m'aime bien, c'est certain. Elle m'apprécie, j'en suis persuadé. Mais elle n'est pas amoureuse. Sent-elle que la distance entre nous ne sera jamais comblée ? Croit-elle que nos deux mondes ne se rencontreront vraiment jamais ? Ce serait trop bête. Ce serait avouer que les différences sociales sont plus fortes que nous. Et que nous ne sommes jamais libres.

Je refuse d'admettre une chose pareille. Ce serait désespérant. Je veux croire que nous pouvons briser ce carcan, que nous pouvons choisir librement, autant notre situation que nos relations.

Si Océane n'est pas amoureuse de moi, c'est pour une autre raison. Sa méfiance est maladive. Elle ne se méfie pas de moi, elle se méfie de tout. De tous. Elle se méfie du monde entier! Abandonnée trop jeune, orpheline, elle a appris à se protéger des sentiments. C'est une écorchée vive.

Tandis que ces pensées défilent à toute vitesse dans mon cerveau, mon père a repris la revue qu'il était en train de feuilleter lorsque je suis entré dans la cuisine.

J'avale un jus de fruits et je décide de retourner dans ma chambre pour m'habiller. J'ai à peine fait deux pas que la voix de mon père retentit dans mon dos.

— Au fait, Alex, un nommé Matteo Arlindo, ça te dit quelque chose?

Je fais volte-face.

— Non, rien. Ça devrait?

— Je ne sais pas. C'est le nom du type que tu as trouvé mort hier soir. La police l'a identifié.

Je n'ai pas menti. Ce nom ne me dit vraiment rien. Arlindo? Un nom espagnol, ou brésilien peut-être. Jamais entendu.

— Un alcoolique notoire, reprend mon père. Sans doute une querelle entre ivrognes. Une affaire totalement dénuée d'intérêt.

Ses yeux s'arrêtent quelques instants sur moi, sans que je puisse interpréter son regard, que je trouve aussi glacé que d'habitude mais, comment dire, plus vivant, plus pénétrant... Puis il se racle la gorge et se replonge dans son magazine.

Je me sens presque soulagé. La police ne va pas remuer ciel et terre pour retrouver l'assassin d'un vulgaire robineux. En même temps, je ressens une certaine colère. Une affaire intéressante, pour un avocat, c'est une affaire qui rapporte de l'argent. Ce qui signifie qu'un ivrogne, ça peut crever sans que personne s'en occupe. C'est bien ce que je pensais, la justice n'est pas la même pour tous...

Ruminant ces pensées contradictoires et dérangeantes, je repars vers ma chambre. Je reste longtemps étendu sur mon lit avant de me doucher et de m'habiller. Vers midi, je me résous enfin à sortir. Pas envie de voir mes parents en ce moment. Océane, en revanche...

Aujourd'hui dimanche, pas de classe. Si je veux la revoir avant lundi, il faudra que j'aille chez elle. Je sais qu'elle n'aime guère que je débarque à l'improviste rue Sainte-Marie. Cependant, comme elle n'a pas de téléphone portable et que, si j'appelle sur la ligne fixe, j'ai toutes les chances de tomber sur Max, je décide tout de même d'aller errer dans son quartier.

Max ne m'est pas réellement hostile, mais je ne suis pas à l'aise avec lui. Il se montre volontiers moqueur à mon endroit, pour ne pas dire sarcastique. Il pense que sa sœur se fourvoie avec moi et il ne rate aucune occasion de me faire sentir que je serai toujours un étranger pour eux. Au début, il me semblait même parfois menaçant.

Bien que je le dépasse presque d'une tête, je sais que je ne ferais pas le poids contre lui. Je suis un grand escogriffe – trop grand pour mon gabarit –, maigre et chaussé de lunettes sans lesquelles je suis fortement handicapé, alors que lui est un athlète complet. D'autant qu'il a pratiqué la boxe dans un club de Saint-Henri. Avec ce physique, il aurait pu faire du cirque. Il a essayé, d'ailleurs, mais il lui manque la ténacité, la passion. Selon ce que m'a confié Océane…

Max travaille dans une pizzeria de la rue Notre-Dame et il a des horaires irréguliers. Tomber sur lui quand il est mal réveillé est toujours mal venu… Je quitte donc la maison avec l'intention de suivre le canal jusqu'à la rue Saint-Rémi.

J'ai à peine fait un pas à l'extérieur que je m'immobilise net, comme si j'avais eu une vision. Le blouson de satin rouge...

Adossée à la rambarde du canal, les bras croisés sur la poitrine, Océane est là, les yeux fixés dans ma direction. On dirait qu'elle m'attend.

Dissipant mon malaise, je me dirige vers elle. Elle m'accueille sans sourire.

— Tu me cherchais? fais-je d'une voix que j'ai du mal à maîtriser.

— Oui.

Aucune émotion ne filtre de ses yeux noirs. Océane est rarement plus chaleureuse que ça. Je revois le ventre de l'homme, hier, avec le couteau planté dedans. Ma gorge se noue. J'essaie cependant de paraître naturel.

— Tu as besoin d'aide?

— Je n'ai besoin de rien, Alex.

Elle hésite un moment avant de reprendre:

— Je voulais te demander quelque chose. Tu... Enfin, je ne sais pas comment dire...

Océane ne sait pas comment dire? Ça ne lui ressemble pas...

— C'est à propos de ce qui s'est passé hier soir? avancé-je pour tenter de l'amadouer.

— En quelque sorte, oui. Voilà. Mon couteau a disparu. L'étui est vide. Je ne peux pas l'avoir perdu puisque la gaine est fermée. Et je me disais… Tu étais chez moi hier soir… Je suis certaine que le couteau s'y trouvait encore dans l'après-midi. Tu sais à quel point je tiens à cet objet.

J'ouvre de grands yeux. Se moque-t-elle de moi ? Se méprenant sans doute sur ma réaction, elle reprend :

— Je ne t'accuse pas, Alex. Je ne prétends pas que tu me l'as volé. Mais ce couteau est tout ce qui me reste de mon père, tu le sais. Je ne comprends pas comment il a pu disparaître.

Moi non plus, je ne comprends pas. Océane me paraît tout ce qu'il y a de sincère. Son regard s'est adouci. Elle plante ses yeux dans les miens, puis elle fronce les sourcils, elle pose sa main sur mon avant-bras et prononce d'une voix presque chaude.

— Qu'est-ce qui se passe, Alex ? Tu as l'air bizarre. Tu as des ennuis ?

— Voyons, Océane, tu te fiches de moi ? Et le meurtre d'hier soir ?

— Le meurtre ? Ah oui, c'est vrai, il y a plein de polices dans le parc, une vraie scène de cinéma. Il paraît qu'on a liquidé un clochard dans la nuit. Mais quel rapport avec mon couteau?

Je n'en reviens pas. Ou bien Océane se joue de moi avec une habileté diabolique, ou bien c'est moi qui suis complètement fou. Elle doit pourtant bien se douter que je l'ai vue s'enfuir cette nuit puisque le cadavre se trouvait sur mon chemin. Me prend-elle pour un imbécile fini? Ou alors...

Ne sachant que faire, je décide de lui raconter ma soirée d'hier, depuis mon départ de chez elle jusqu'à ma libération du poste de police par mon père. Tout en parlant, je ne perds pas son visage des yeux. Je surveille le moment où elle va se troubler. Mais rien ne se passe. Pendant tout le récit elle écoute, attentive, sérieuse, manifestant de plus en plus son étonnement, mais rien qui indique qu'elle feint ses émotions.

Lorsque j'ai terminé, je dois m'essuyer le visage tellement je transpire. Océane me semble profondément intriguée, mais pas gênée.

— Mon couteau, Alex, tu es certain?

— Ton couteau et ton blouson. Je n'ai pas vu ton visage, bien sûr, mais ton blouson est reconnaissable entre mille. Quant à ton couteau, je n'en ai jamais vu de pareil.

Les traits d'Océane se durcissent. Je remarque qu'elle serre les poings, que sa mâchoire est tendue.

— Écoute-moi, Alex, gronde-t-elle, je ne sais vraiment pas ce que signifie cette histoire. Hier soir, quand tu es parti, je me suis couchée et je ne suis pas sortie jusqu'à ce matin. C'est vrai que mon blouson m'a paru un peu fripé tout à l'heure, mais j'ai mis ça sur le compte de Dagobert, qui dort parfois dessus et y laisse ses poils ou des marques de griffes. Quant à mon couteau, la dernière fois que je l'ai vu, il se trouvait dans son étui. J'ignore qui m'a fait un coup pareil, mais si je viens à le savoir, le type aura intérêt à être costaud parce que je vais le saigner comme un porc.

— Mais qui a pu faire ça ? Il faut que la personne en question se soit introduite chez toi pour te voler tes affaires…

— Et une deuxième fois pour y remettre le blouson. Quelqu'un qui me connaît, donc. Quelqu'un qui voulait me faire endosser son crime. Si j'attrape ce salaud…

— Ta grand-mère n'a rien vu ? Ni Max ?

— Max n'était pas là hier, et Laura s'est couchée tôt, elle était fatiguée et elle m'a demandé de ne pas la déranger. Je suis donc restée dans ma chambre toute la soirée. J'ai

46

laissé mon blouson en bas, comme d'habitude. C'est vrai que nous ne fermons jamais à clé. Il n'y a rien à voler chez nous. Enfin, je croyais…

— Et le couteau?

— Je l'avais laissé dans la poche intérieure. Une erreur…

— Donc n'importe qui a pu entrer et le subtiliser?

— Oui. Sauf que s'il s'agit d'un coup prémédité, ce n'est justement pas le fait de n'importe qui. C'est quelqu'un qui me connaissait bien. Quelqu'un qui voulait me nuire.

Océane réfléchit un moment, puis elle ajoute:

— Si au moins je savais qui a été tué.

— Un nommé Matteo Arlindo, dis-je sans réfléchir. C'est mon père qui vient de me l'apprendre.

Cette fois, c'est Océane qui me dévisage avec des yeux ronds.

— Matteo? fait-elle au comble de l'étonnement.

— Tu le connais?

— Bien sûr que je le connais. C'était le partenaire de mon père comme lanceur de couteaux. Plus âgé que lui. Un très chic type. C'est lui qui lui a tout appris. Ils avaient monté un numéro fabuleux à deux, qu'ils ont présenté dans des cirques du monde entier. Ça fait des années qu'il avait disparu de la circulation.

Elle se tait un instant, tout en regardant le canal, puis elle ajoute dans un murmure :

— J'ignorais qu'il était encore vivant. Enfin, jusqu'à hier soir. C'est étrange. J'avoue que j'aurais préféré le retrouver autrement qu'avec mon couteau dans le ventre…

6

LES LANCEURS DE COUTEAUX

Nous allons marcher le long du canal. Océane est nerveuse et, de temps en temps, elle me jette un coup d'œil inquiet à la dérobée. Pour ma part, je suis perplexe, je ne sais vraiment pas ce que je dois faire. Le silence de mon amie me pèse, mais je n'ose pas le rompre. Pourtant, je sais bien ce qui la tracasse…

— Alex? finit-elle par demander.

J'émets un vague « hmmm ». Elle s'arrête et se tourne vers moi.

— Pourquoi n'as-tu rien dit aux policiers? Tu leur as caché des informations importantes pour eux. Tu es tombé sur un cadavre avec mon couteau dans le ventre, tu m'as vue m'enfuir dans la rue. Il était donc clair pour toi que j'étais la meurtrière. Pourquoi ne m'as-tu pas dénoncée?

Les mains dans les poches, je baisse les yeux. Ce qui me gêne, ce n'est pas sa question, c'est que j'aie pu croire, sans prendre la peine de réfléchir, qu'elle avait tué un homme avec sauvagerie – je parle de sauvagerie car le couteau était enfoncé jusqu'à la garde dans l'abdomen de la victime. Dans mon esprit, c'est ça qui compte pour elle, pas le fait que je ne l'ai pas vendue à la police.

— Tu n'es pas obligé de répondre, ajoute-t-elle en constatant mon mutisme.

— Si, je peux. Je suis simplement désolé d'avoir cru que…

— Oublie ça, veux-tu? fait-elle avec un geste de la main. On croit ce qu'on voit. Tout le monde croit ce qu'il voit. J'aurais pensé la même chose. C'est du passé maintenant, et le passé, il vaut toujours mieux l'enterrer. Mais tu as menti aux policiers en leur disant que tu n'avais vu personne sur les lieux et que tu n'avais jamais vu le couteau. Tu prenais le risque de te mettre dans un fameux pétrin.

— Je ne crois pas. Je pouvais très bien ne pas t'avoir vue, et personne, à part toi, ne sait que je connais ce couteau. Pour ma part, je n'en ai jamais parlé à qui que ce soit. On peut donc prouver n'importe quoi, mais pas que j'ai menti. De toute façon, j'avoue ne pas y avoir songé sur le coup. Ce n'est pas pour ça que je n'ai rien dit.

Océane attend la suite, mais je me tais. Elle hausse les épaules.

— Qu'est-ce que tu comptes faire?

— Je ne sais pas. La situation est diffé-
rente, maintenant. Il y a un tueur en liberté
et, selon toute vraisemblance, il ne s'agit pas
d'une bagarre entre ivrognes qui a mal tourné.
L'assassin a clairement tenté de te faire porter
le chapeau en endossant ton blouson et en
utilisant ton couteau. L'homme court toujours et tu es donc toi-même en danger. Je...

Océane me lance un regard dur.

— C'est moi que ça regarde, Alex, et moi
seule. Je te remercie de m'avoir couverte
alors que tu me croyais coupable, et sache
bien que je ne l'oublierai jamais. Mais si tu
crois à présent que la police peut m'aider ou
me protéger, tu te trompes. La police n'a rien
fait quand on a tué mon père. Elle ne fera
rien pour Matteo, et elle ne fera rien pour la
fille d'un lanceur de couteaux qui vit dans
un taudis de Saint-Henri.

— Tu exagères peut-être...

— Toi, tu me dis ça! Depuis que je te
connais, Alex, depuis que tu me l'as expliqué
en long et en large, je comprends mieux le
fonctionnement de cette société basée sur la
propriété et l'asservissement. C'est toi qui as
mis des mots sur ce que je ne faisais que
ressentir de manière instinctive. La police ne
protège pas ceux qui n'ont rien, ce n'est pas
son rôle. Son rôle est de protéger ceux qui

ont tout. Les flics sont leurs chiens de garde. Et moi, je suis du mauvais côté de la barrière.

Je n'ai rien à répliquer. C'est vrai que je lui ai farci la tête avec les écrits des insoumis, des insurgés et des rebelles de tout poil. Je me suis peut-être pris moi-même pour un réfractaire. Mais je me rends compte tout d'un coup que je n'ai jamais connu la réalité qu'à travers les livres, les théories, les idées avec lesquelles on peut jongler sans danger. Tout ça dans le confort d'un appartement de luxe dont aucun des habitants de la rue Sainte-Marie n'oserait rêver.

Aujourd'hui, la réalité m'a rattrapé. J'ai les pieds en plein dedans. Il y a eu un meurtre et j'y ai été mêlé, même si ce n'est que d'une façon accidentelle et peu probante. Et si le tueur est pour moi un inconnu, il n'en demeure pas moins que ma meilleure amie est dans sa ligne de mire.

Il y a là dans l'ombre un homme qui lui en veut, un homme qui sème la mort autour de lui. Tout tourne autour d'elle. La victime est l'homme qui a formé son père. Le meurtrier savait où trouver l'arme qui allait lui servir, il savait ce qu'il faisait en utilisant précisément cette arme-là. Une machination des plus noires est à l'œuvre. Et Océane prétend y faire face sans l'aide de personne ?

Il y a cependant un point sur lequel elle a raison. Si le meurtrier la connaît suffisamment pour s'introduire chez elle avec autant de facilité, sans doute le connaît-elle, elle aussi.

Quelqu'un de son entourage? Un homme surgi comme un mauvais rêve de son passé?

À huit ans d'intervalle, deux lanceurs de couteaux ont été assassinés – si j'en crois la version d'Océane en ce qui concerne la mort de son père. S'il comptait s'en tenir à ces deux meurtres, le criminel aurait pu se contenter de frapper dans l'ombre et de disparaître. Or, il a pris des risques en s'introduisant par deux fois dans l'appartement des Bourgault, ce qui pouvait être dangereux pour lui.

Si le meurtrier a impliqué Océane dans l'assassinat de Matteo, c'est qu'il n'entend pas en rester là. *Océane est sa prochaine victime!*

— Hé, tu rêves?

L'exclamation d'Océane me ramène sur terre.

— Je ne rêve pas, j'ai peur.

— De quoi? Tu n'as rien à craindre.

— Ce n'est pas pour moi que j'ai peur, c'est pour toi. Tu es prise dans une sale affaire. Il y a un salaud qui t'en veut et qui ne te lâchera pas.

— Je le vois bien, oui. Mais j'ai beau y penser, je ne vois pas qui.

— Tu n'as pas la moindre idée ? L'affaire doit remonter à l'époque où ton père était vivant. Lui et Matteo ont dû se retrouver impliqués dans je ne sais quelle sombre histoire qui refait surface aujourd'hui. Tu ne vois pas ce que ça pourrait être ?

— C'est loin, tout ça. J'avais huit ans à l'époque et mes souvenirs sont flous. Je me souviens de mon père comme d'un homme chaleureux et aimant, un homme qui respirait la vie. J'ai été heureuse à cette époque, même si nous étions en perpétuel déplacement et que nous vivions un peu comme des nomades.

— Et Matteo ?

— Matteo et mon père étaient très amis. Vers la fin, c'est vrai qu'ils se disputaient parfois, mais jamais en ma présence. Matteo a toujours été très gentil avec moi.

— Pourquoi se disputaient-ils ?

— Je n'en sais rien. Enfin, rien de certain. J'ai cru comprendre que Matteo s'était mis à boire et, bien sûr, cela mettait en péril le numéro qu'il avait monté avec mon père. Un lanceur de couteaux ne doit pas boire, ce serait signer son arrêt de mort.

J'imagine, oui... Mais alors, pour quelle raison Matteo a-t-il sombré dans la boisson, risquant ainsi de ruiner sa vie et celle de son partenaire? Quelque chose d'autre liait les deux hommes, j'en suis certain. Quelque chose qui a provoqué leur mort. Quelque chose qui est encore à l'œuvre aujourd'hui et qui menace Océane. Je me demande si...

— Dis-moi, ça gagne bien sa vie, un lanceur de couteaux?

Océane se tourne vers moi et me gratifie d'un sourire ironique.

— Tu as déjà entendu parler d'un artiste de cirque riche, Alex?

— On a beaucoup évoqué le renouveau du cirque, ces dernières années. Surtout au Québec. Il y a des compagnies reconnues et appréciées mondialement, il y a Las Vegas...

— Las Vegas, oui, fait Océane en hochant la tête avec amertume. Le cirque a le vent en poupe, c'est vrai. Et certaines personnes font beaucoup d'argent avec ça. Mais pour les artistes, pour ceux qui risquent leur vie et leur santé sur la scène en souriant à un public qui ne veut pas savoir la souffrance qui se cache parfois derrière ces sourires, rien n'a vraiment changé.

— Tu m'as toujours parlé de la vie du cirque comme d'une vie libre.

— Libre, oui, dans un sens. C'est son bon côté. Mais elle est aussi extrêmement précaire. Laura, ma grand-mère, a fait du cirque toute sa vie. Une écuyère admirée. Aujourd'hui encore, elle a un corps magnifique et elle fait montre d'une souplesse impressionnante, bien qu'elle n'ait pas loin de soixante ans. Et pourtant, regarde comment nous vivons. Tu me fais rire, Alex. Tu nous croyais millionnaires ?

— Non, bien sûr, ce n'est pas ce que je voulais dire. Au contraire. Je cherche ce qui aurait pu pousser Matteo à se compromettre dans une situation dangereuse. Une situation dans laquelle ton père aurait lui aussi été impliqué. Et je ne vois guère qu'un motif, le même qui, depuis des siècles, depuis des millénaires, fait s'entretuer les hommes : l'argent.

— De l'argent, nous n'en avons jamais eu ! s'exclame Océane avec fureur. Les paillettes, les projecteurs, les applaudissements, oui, tant qu'on voulait. Mais l'argent n'est jamais venu avec.

— Justement. Peut-être ton père et Matteo ont-ils été tentés d'en trouver d'une autre manière, sachant que leur art ne leur en apporterait jamais.

Le visage d'Océane se durcit.

— Serais-tu en train d'accuser mon père d'avoir été un bandit?

— Ton père, non. Mais Matteo? C'est peut-être précisément ce qui expliquerait leurs disputes. Une affaire douteuse dans laquelle Matteo aurait voulu entraîner son partenaire, et qui aurait mal tourné. D'autres complices auraient voulu se venger, retrouver un butin disparu, faire taire les derniers témoins, je ne sais pas…

Océane secoue la tête.

— Je ne sais pas non plus. C'est tellement loin, tout ça. Je n'étais qu'une petite fille à l'époque. J'adorais mon père et j'aimais beaucoup Matteo, j'ai du mal à les imaginer dans le rôle que tu veux leur faire jouer. Pourtant, tu as raison sur un point: il s'est passé quelque chose de grave qui a mené mon père à la mort, et qui a rattrapé Matteo huit ans plus tard. Je ne peux pas croire au hasard à propos de ces deux meurtres. Ils sont liés. Et puis…

Océane s'interrompt. J'ai l'impression qu'elle frissonne légèrement.

— Et puis, reprend-elle, l'affaire ne s'arrête pas là. L'assassin a clairement voulu m'y impliquer. Et là, je suis dans le noir absolu.

— Il faudrait en parler à Max. Il a quatre ans de plus que toi. Il se souvient peut-être de quelque chose qui t'a échappé.

— Tu as sans doute raison. Mais Max est tellement secret, tellement imprévisible. Il fait le désespoir de ma grand-mère. Même moi, je ne sais jamais par quel bout le prendre. Depuis la mort de Frank, il en veut à la terre entière. J'ai l'impression qu'un jour, il finira mal…

Je suis un peu surpris. Jamais Océane ne m'a parlé de son frère en ces termes. Il me semblait au contraire qu'elle l'admirait, comme s'il avait été un substitut de son père disparu. Je ne sais que lui répondre. J'ai toujours été moi-même plutôt mal à l'aise avec Max.

Il y a quelque chose qui me gêne dans le ton d'Océane. Sa famille a toujours été pour elle, à ce qu'il me semble, la seule chose pour laquelle elle serait prête à se battre aveuglément. Et, dans ce climat d'angoisse qui pèse sur elle à cause du meurtre de Matteo, les liens devraient s'en trouver renforcés. Cette faille inattendue dans son instinct familial me déroute.

Je n'ose la regarder, comme si j'étais en quête d'une explication, mais je meurs d'envie de lui demander pourquoi, alors qu'il serait plus que jamais l'heure de se serrer les coudes, elle éprouve cette soudaine méfiance vis-à-vis de son frère.

Puis, brusquement, la vérité m'apparaît comme si elle venait d'émerger des eaux grises du canal. L'assassin connaissait les objets fétiches d'Océane et leur origine. Et il pouvait entrer et sortir de chez elle sans attirer l'attention. Or, qui mieux que Max était en mesure de prendre, puis de remettre à sa place, le blouson de sa sœur ?

Je lui jette un coup d'œil à la dérobée. Je crois que je suis tombé juste. Elle a l'air bouleversée.

7

L'HOMME AU COCHON

Nous sommes arrivés devant l'ancienne usine de Canada Malting, dont les ruines sinistres se dressent face à l'écluse. Sur notre droite, le chemin qui mène à la rue Saint-Rémi. Un peu plus loin, la rue Sainte-Marie…

Sans me prévenir, Océane se hisse sur la pointe des pieds et dépose un baiser rapide sur ma joue. Je n'ai pas le temps de réagir qu'elle a déjà tourné les talons.

— Il faut que je rentre, lance-t-elle par-dessus son épaule.

— Tu ne veux pas que je t'accompagne?

Je me rends compte que j'ai presque crié.

— Vaut mieux pas, grommelle-t-elle sans ralentir le pas ni même se retourner.

Décontenancé, je la regarde s'éloigner d'un pas vif. Je ne pourrai plus jamais voir ce blouson sans frémir…

Je me sens envahi par des sentiments contradictoires. Une certaine euphorie parce qu'Océane m'a embrassé. C'était la première fois… Mais aussi la peur de la voir ainsi disparaître sans accepter mon aide, s'en aller, sans la moindre hésitation au-devant d'un danger qu'elle feint d'ignorer. Courage ou inconscience ?

Je ne sais que faire. Revenir sur mes déclarations à la police n'aurait aucun sens. D'abord, Océane me considérerait comme un traître et elle m'en voudrait à mort ; ensuite, comme elle me l'a fait remarquer, cela n'arrangerait sans doute rien. Les enquêteurs croiraient-ils seulement à son histoire ? Ils commenceraient par l'arrêter. Et s'ils venaient à prendre ses empreintes digitales...

Sa silhouette dansante vient de disparaître là-bas, dans la rue Saint-Rémi, au-delà de Saint-Ambroise. Et je suis planté là comme un imbécile, hésitant à la suivre parce qu'elle m'a dit que c'était inutile. Je me sens stupide. Laisse-t-on quelqu'un se noyer simplement parce qu'on a peur d'être gênant ? Ma décision est prise. Je m'élance à sa poursuite.

Tout en marchant, je me dis cependant que ce que je fais ne servira pas à grand-chose. Si Max a vraiment tué Matteo Arlindo et s'il a essayé de faire accuser sa sœur, c'est qu'il veut demeurer dans l'ombre et il n'osera rien tenter contre elle au grand jour. Et quand bien même il le ferait, que pourrais-je contre ce type qui serait capable de m'aplatir d'un seul coup de poing ?

Ma maigreur, ridicule pour ma grande taille, ainsi que ma tête d'éternel adolescent à lunettes, ont depuis longtemps fait de moi la cible des moqueries des autres. Je m'en suis toujours accommodé, cependant. Plus ou moins. Ce n'est qu'aujourd'hui, par contre, que je mesure pleinement le handicap causé par mon physique. Je n'ai pas la carrure d'un garde du corps, encore moins celle d'un justicier…

Aussi, lorsque j'arrive enfin à l'angle des rues Saint-Rémi et Sainte-Émilie, mon enthousiasme est déjà pas mal refroidi. Je m'en veux de mon inconstance mais je crois que, tout bien pesé, il vaut mieux que je rentre chez moi.

— Psst! Alex.

Perdu dans mes pensées, j'ai à peine entendu le sifflement. La voix aigrelette me ramène à la réalité. Je tourne la tête. Monsieur Raffier est là, assis sur sa galerie. Nanan, son cochon, est étendu à ses pieds. Je soupire discrètement.

Il y a quelques mois, j'ai eu le malheur de rendre service à Lucien Raffier. Passant dans la rue, j'avais été étonné de le voir sur sa galerie caresser un cochon, comme s'il s'agissait d'un animal domestique. Plein de curiosité, je m'étais mis à discuter avec lui. «Oui, m'avait-il expliqué, ce cochon est bien pour moi ce qu'un chien ou un chat peut être pour d'autres. Pourquoi pas ? C'est gentil, un cochon. »

Le bonhomme est amusant, malgré le regard un peu étrange que lui donnent ses yeux vairons : le gauche est brun et le droit d'un bleu presque violet. Il passe le plus clair de son temps assis sur sa galerie tandis que sa femme, Charlotte, passe le sien derrière ses rideaux à épier la rue. Sur le moment, je m'étais fait la réflexion que, entre elle et lui, rien de ce qui se passait à proximité de leur maison ne pouvait leur échapper.

Son aspect décrépit et chafouin n'empêche pas Lucien Raffier d'avoir énormément voyagé et d'avoir rencontré beaucoup de monde avant de se retirer ici, à Saint-Henri, le quartier qui l'a vu grandir. C'est du moins ce qu'il m'a raconté en long et en large et, comme je n'ai aucune raison de ne pas le croire, j'ai embarqué dans ses interminables histoires.

La deuxième fois que je suis passé devant chez lui, il m'a reconnu et fait un signe de la main. Je l'ai salué en souriant. Sans transition, il m'a demandé :

— Sais-tu écrire ?

J'ai répondu que oui, bien sûr, étonné de me faire poser une telle question. Il m'a alors avoué, sans aucune gêne, que sa femme et lui savaient à peine lire, et il a sollicité mon aide pour rédiger une lettre sous sa dictée.

Il s'agissait d'une réclamation un peu obscure et alambiquée à propos des règlements municipaux, destinée à la mairie de l'arrondissement. Je doutais qu'elle puisse susciter quelque réponse que ce soit, mais je me suis exécuté de bonne grâce.

Depuis, chaque fois qu'il me voit, le vieux Raffier me tient la jambe avec ses histoires sans queue ni tête et j'ai le plus souvent un mal fou à m'en libérer. D'habitude, j'essaie tout simplement de l'esquiver. Néanmoins, comme je n'ai nulle envie de rentrer chez moi, je m'arrête un instant, plus par désœuvrement que par intérêt.

— Eh bien, Alex, lance le vieux en me regardant bizarrement. Tu es au courant?

— Au courant de quoi?

— Du crime d'hier soir, voyons! réplique-t-il avec une sorte de sourire en biais. Tu étais aux premières loges, non?

Une sueur froide me coule soudain le long du dos.

— Aux premières loges? Qu'est-ce que vous voulez dire?

— Allons, ne fais pas l'innocent. Je t'ai aperçu sur le coup de onze heures. Il faut dire que Nanan a des habitudes tardives. Tu sortais de chez ta copine et tu as filé par la rue Palm. Drôle de chemin pour rentrer chez toi, soit dit en passant. En tout cas, tu ne peux pas avoir raté le cadavre, il était sur ta route. Il a dû vous flanquer une drôle de frousse, à tous les deux, vu comme ta petite amie courait quand elle est rentrée. On aurait juré qu'elle avait le diable au derrière.

Ce n'est pas possible ! Comment sait-il ? Ce type est un véritable radar ! Ainsi donc, malgré ce que je croyais, il m'a vu traverser la rue hier. Et il a vu Océane !

Mais non, c'est impossible, puisque ce n'était pas elle ! Je peux avoir fait la confusion moi-même car la silhouette du fuyard au blouson était lointaine et je ne l'ai entrevue que pendant une fraction de seconde, sans distinguer son visage. Mais lui, il l'a vue de tout près sans doute, avec ses yeux fouineurs qu'il semble ne jamais fermer…

Je n'ose pas affronter son regard. Le mien s'attarde sur son cochon, dont il gratouille le ventre du bout du pied. Pourtant, je sens ses yeux fixés sur moi. J'ai l'impression qu'il me déshabille, qu'il est capable de lire mes pensées les plus intimes comme si mon crâne était transparent.

— La police t'a-t-elle interrogé?

La question m'arrive comme une gifle en pleine figure. Que veut-il insinuer? Que j'ai assisté au meurtre? Que j'y ai participé? J'ai toujours vu dans ce vieux bonhomme un original se mêlant de tout mais néanmoins inoffensif. Là, pourtant, nulle candeur dans son propos, nulle naïveté. Je perçois de la malignité dans son insistance.

— Pourquoi m'aurait-elle interrogé? fais-je en essayant de retrouver mon calme. Je n'ai rien vu.

— Non, bien sûr. Mais tu aurais pu...

J'apprécie de moins en moins son ton accusateur. Ce type cherche à me coincer et le malaise commence à céder la place à la colère. Du coup, mon esprit critique, paralysé un instant par l'émotion, revient à la vie. Il faut que je lui ferme son clapet.

— Et vous-même, monsieur Raffier, vous avez l'air d'avoir vu bien des choses. Vous étiez sur les lieux?

Le vieux ricane, comme si je venais de sortir une bonne plaisanterie.

— Non, non, bien sûr. Moi, tu sais, je ne bouge guère d'ici. Et Charlotte encore moins. Mais il passe si peu de monde dans cette rue, surtout à une heure tardive, n'est-ce pas. Alors tu vois, quand je reconnais quelqu'un qui déambule devant chez moi, je le remarque.

— La rue est à tout le monde, fais-je d'un ton aigre.

— Bien sûr, Alex, bien sûr. Je ne prétends pas le contraire. Mais quand un homme se fait tuer d'un coup de couteau dans le ventre, on se demande toujours qui a bien pu faire le coup. On ouvre l'œil…

— Eh bien, ce n'est pas moi, dis-je en tournant les talons. Mais vous devriez être prudent, monsieur Raffier. L'assassin rôde toujours, et s'il venait à penser que vous l'avez vu, il pourrait bien lui venir de mauvaises idées à votre égard.

Je rebrousse chemin, satisfait de ma réplique. J'essaie de me calmer tout en marchant, tentant de minimiser les insinuations de Raffier. Puis, alors que j'arrive en vue du canal, je me demande si j'ai eu raison de réagir ainsi. En le vexant, je m'en suis peut-être fait un ennemi alors que, auparavant, il me semble plutôt qu'il m'aimait bien.

Ses ragots ne pourront sans doute pas me nuire, mais qu'en sera-t-il pour Océane ? Et si le vieux, énervé par mon comportement et voyant que l'enquête piétine, se mettait en tête d'aller raconter ce qu'il a vu à la police ?

D'un autre côté, je me demande ce qu'il a vraiment vu. Quelqu'un portant le blouson d'Océane revenant de la rue Saint-Ambroise et s'engouffrant dans la rue Sainte-Marie? Ce qui m'inquiète, c'est que de sa maison, on a une vue parfaite sur les deux rues. Et pour aller de l'une à l'autre, il faut passer juste devant chez lui. Comment a-t-il pu, d'aussi près, confondre un tueur avec une jeune fille? Océane m'aurait-elle menti?

Non. Si j'ai le choix entre croire Océane et me fier à ce vieux fou, je n'hésite pas une seconde. D'ailleurs, si Océane s'était trouvée sur les lieux du crime, elle n'aurait pas réagi comme elle l'a fait ce matin. Je la connais, elle est tout d'une pièce. Tandis que Raffier, que sais-je de lui?

Je sais qu'Océane ne l'aime pas. Elle se méfie de l'individu, le trouvant trop curieux, trop indiscret. Sa grand-mère, en revanche, le connaît et discute parfois avec lui. Les vieilles personnes sont bavardes, il doit donc en savoir long sur la famille.

Sa femme, Charlotte, ne sort jamais. Je l'ai aperçue dans un coin de la pièce le jour où j'ai écrit cette lettre pour lui. Elle est demeurée dans son fauteuil près de la fenê-tre et n'a pas fait un geste, pas dit un mot.

Je ne sais pas si elle est paralytique, simple d'esprit ou simplement mal embouchée.

J'ai cru comprendre, par quelques phrases lapidaires prononcées par Océane un jour que je l'interrogeais à ce propos, que les Raffier vivent là depuis très longtemps et qu'ils ont connu ses parents. Elle avait refusé de m'en dire davantage, comme si le sujet l'agaçait profondément. J'avais mis cette attitude sur le compte de son caractère.

À présent, je me rends compte que Raffier, pour déplaisant qu'il puisse se montrer, est sans doute la mémoire vivante du quartier. Toujours à observer, toujours à bavarder, à cancaner. Qui sait s'il n'aurait pas quelque chose à raconter sur ce qui s'est passé dans l'escalier de fer de la rue Sainte-Marie, il y a huit ans ?

S'il a connu les parents d'Océane, peut-être a-t-il aussi connu Arlindo. De là à penser qu'il était au courant des disputes des deux lanceurs de couteaux et qu'il en devine les motifs…

J'ai agi un peu légèrement en l'envoyant promener. Au lieu de me braquer contre lui, j'aurais dû tenter de l'amadouer pour savoir ce qu'il avait en tête en m'interrogeant de la sorte. Il ne m'a pas lancé sur ce sujet au hasard. Cancanier tant qu'on voudra, mais certainement pas stupide.

Je suis persuadé que, en fait, il sait quelque chose qu'il ne veut pas dévoiler à propos du meurtrier de Matteo Arlindo. Ou sur celui de Frank. Qui est sans doute le même…

Il faut absolument que je parle à Océane.

8

MAX

Pas question de repasser devant chez le vieux. J'en ai assez de me faire espionner !

Je rejoins donc le bord du canal, que je suis vers l'ouest jusqu'au chemin de la Côte-Saint-Paul, au-delà de la brasserie McAuslan. Il y a peu d'immeubles dans cette rue et ils sont de construction assez récente. Pas d'escaliers de fer en façade, pas de galeries. Donc pas de voisins assis devant leur porte à surveiller ce que font les gens qui passent…

J'arrive dans la rue Sainte-Marie par le côté ouest. Je passe devant le petit garage dont la cour est toujours encombrée d'épaves de voitures en train de rouiller. Je me suis souvent demandé quel était le véritable commerce de cet établissement, où il me semble que c'est chaque fois le même véhicule qui est en réparation.

L'immeuble où vivent Océane et sa grand-mère se trouve du même côté de la rue, un peu plus loin. Je ralentis le pas, ne sachant pas trop de quelle manière je vais me présenter. Je ne peux tout de même pas accuser Max de but en blanc devant sa sœur.

Tout à coup, j'aperçois une silhouette qui sort d'un appartement, au niveau de celui d'Océane, et descend l'escalier de fer. Je reconnais Max!

Je n'ai nulle envie de le rencontrer. Espérant qu'il ne m'a pas vu, je me jette en arrière et me dissimule derrière une des épaves qui gisent dans la cour du garage, fermé aujourd'hui.

Je m'accroupis contre la carrosserie criblée de trous et j'attends. Quand Max aura quitté la rue, je ferai demi-tour pour rentrer chez moi. Je trouverai bien une autre occasion de voir Océane.

Il me vient l'idée dérangeante que les trous dans les portières de la vieille auto ont été faits par des balles... Et si le garagiste, de sa fenêtre, se demandait ce que je fais là et me prenait pour un voleur? Ces gens-là n'ont pas l'habitude d'appeler la police pour régler leurs comptes...

Ne pas penser à ça... J'essaie de demeurer immobile, je ferme les yeux et je me mets à compter à voix basse, lentement, pour calmer mon cœur. À cent, je me relève et je détale.

J'en suis à peine à cinquante. Un bruit de pas qui s'approche, sur ma gauche, me fait redresser la tête. Je suis peut-être invisible de la rue, mais je ne vois rien de ce qui s'y passe. Puis je me rends compte que je vais me dénoncer moi-même si je bouge. Je me recroqueville davantage.

Les pas s'arrêtent devant le garage. Silence. Puis ils reprennent, plus lents, à peine perceptibles. Et l'homme surgit devant moi.

— Tiens donc, le petit Alex ! Alex la grenouille…

J'ai horreur que Max m'appelle comme ça. Je n'ai jamais su pourquoi il m'avait donné ce surnom ridicule – à cause de mes lunettes ? – mais il ne manque aucune occasion de me le balancer à la figure, sachant à quel point cela me blesse.

Je ne réponds rien. Je me contente de me relever, doucement, mort de honte. Inquiet, aussi. Max a mis ses mains dans ses poches et il me toise, l'air méprisant.

— Qu'est-ce que tu viens encore fouiner par ici, la grenouille ? crache-t-il.

— La rue est à tout le monde, fais-je d'une voix mal assurée.

Je me rends compte que, il y a à peine quelques minutes, j'ai dit exactement la même chose au vieux Raffier. Non seulement l'argument est faible, mais je manque d'imagination.

— Il y a assez de rues à Montréal pour que tu n'aies pas besoin de traîner dans celle-ci, réplique Max. Ce sont des ennuis, que tu cherches ? Tu espionnes ma sœur ?

— Tu sais très bien que je n'espionne personne, Max, surtout pas ta sœur. Et puis, tu n'es pas son père, que je sache.

Avant même que j'aie terminé ma phrase, je réalise que je viens de dire exactement ce qu'il ne fallait pas. Max esquisse une grimace et sort les mains de ses poches. Il adopte une position menaçante et fait un pas vers moi, poings serrés.

— Qu'est-ce que tu sais de mon père, petit con ? siffle-t-il avec méchanceté. Et qu'est-ce que tu sais d'Océane, hein ? Ça t'est facile, à toi, de juger les autres alors que tu es né dans la soie. Tu n'as jamais eu à faire autre chose qu'ouvrir la bouche pour qu'on la remplisse, tu n'as jamais eu autre chose à faire que regarder un objet pour que tes parents te l'achètent. Tu n'as jamais eu autre chose à faire qu'appeler les bœufs pour qu'un type aux chaussures trouées qui passe dans ta rue doive se sauver sans demander son reste.

— Je n'ai jamais fait ça, dis-je d'une voix dont je n'arrive pas à maîtriser le tremblement, déstabilisé par la violence de sa réaction.

— Océane et moi, nous n'avons eu droit qu'aux regards de travers, aux contrôles de police et au mépris des gens de ton espèce, reprend Max comme s'il ne m'avait pas entendu. Et à présent, tu viens faire le joli cœur auprès de ma sœur? Tu ne manques pas d'air. Qu'est-ce que tu lui as dit? Qu'est-ce que tu lui as fait?

— Mais rien, voyons, je voulais juste…

— Rien? Je sais que tu as passé la soirée avec elle hier, et depuis ce matin elle a l'air complètement perdue. Ça n'a pas de rapport, peut-être? Pas plus que le meurtre de Matteo Arlindo? Ça s'est passé du côté de chez toi, il me semble. Tu veux me faire croire à un hasard?

Max ne maîtrise plus sa fureur. Je ne suis pas certain qu'il croie vraiment tout ce qu'il dit, mais le fait d'avoir parlé de son père était la dernière des choses à faire.

— Tu ne sais pas ce que c'est, toi, d'avoir grandi dans la misère et l'indifférence. Tu avais les pieds bien au chaud, pendant ce temps-là, et l'estomac plein…

J'ai presque envie de lui dire que le fait d'avoir des parents qui ne sont jamais là et qui remplacent leur affection par une large distribution d'argent de poche n'est peut-être pas plus enviable, mais je sens que cela ne ferait qu'augmenter sa colère. Mieux vaut plier au vent, comme le roseau…

— Je te comprends, Max, dis-je d'une voix que je voudrais conciliante. On ne peut pas nier que l'injustice existe. Mais on peut la combattre.

Max me jette un regard mauvais, mais il cesse de crier. Sa colère l'abandonne aussi vite qu'elle l'a emporté. Puis il hausse les épaules.

— La combattre, ouais. Avec toi dans le rôle du preux chevalier. On n'est pas sortis de l'auberge, la grenouille. Tu t'imagines qu'en embrassant ma sœur sur la bouche, tu vas la transformer en princesse ?

Max semble avoir retrouvé son humeur habituelle. Massacrante, mais ironique. J'en suis soulagé, même si j'en suis la cible. Il me dévisage un instant d'un air narquois, puis il remet les mains dans ses poches.

— Dis donc, la grenouille, reprend-il comme s'il n'avait jamais été fâché, je suppose qu'il ne te viendrait pas à l'esprit de faire joujou avec le blouson de ma sœur ?

Sa question me met mal à l'aise.

— Non, bien sûr. Qu'est-ce qui te fait penser ça ?

— Elle m'a demandé tout à l'heure si je le lui avais emprunté sous prétexte qu'elle y avait trouvé des taches qui n'existaient pas avant. Drôle de question. Je suis rentré tard cette nuit et je viens à peine de me lever. Et je ne suis pas somnambule. Je ne me déguise pas pour hanter les rues après minuit. Toi, par contre, tu étais chez moi hier soir, non?

— Oui, je suis resté avec Océane pour l'aider à rédiger un devoir. Après ça, on a discuté un peu et je suis parti vers onze heures. Je n'ai pas touché à son blouson. Dagobert, peut-être?

Max ricane.

— Dagobert? C'est un vieux chat, il ne sort presque plus et tout ce qu'il pourrait laisser sur ce blouson, ce sont des poils gris. En tout cas, je ne sais pas quelles idées tu lui as mises dans la tête, mais sache que moi, je ne porte que du cuir. Noir. Du satin? Sans blague! Pourquoi pas des dentelles et des caleçons roses?

Les yeux noirs de Max fouillent les miens. Je ne comprends pas le sens de ses questions, ni celui de ses remarques. Il feint de ne rien savoir du meurtre d'hier soir, il l'a à peine évoqué avec une certaine désinvolture. Que sait-il exactement? Fait-il semblant de ne pas connaître le lien entre le blouson et l'assassin pour me faire parler, ou bien Océane ne lui a-t-elle rien dit?

Il sait parfaitement qui était Matteo Arlindo, mais il ne me paraît guère affecté par sa mort. Il y a là un casse-tête dans lequel les pièces sont liées mais ne paraissent pas coller : le cadavre d'un vieil ami de son père, le couteau de ce dernier, le blouson rouge. Et moi, qui me suis manifestement trouvé au mauvais endroit au mauvais moment.

J'ai l'impression que Max se joue de moi comme un chat qui torture une souris. Avec patience, avec une fausse placidité qui dissimule une cruauté impitoyable. Que veut-il me faire dire ? Je ne sais rien…

— Je te fais peur, la grenouille ?

Je sursaute presque. Oui, il me fait peur. Mais je ne sais pas pourquoi. Si ce n'est pas lui le meurtrier d'Arlindo, je ne comprends pas son jeu. Si c'est lui, je le comprends encore moins. Je bredouille :

— Non, non, pas du tout. Pourquoi dis-tu ça ?

— Parce que tu t'es caché derrière cette auto quand tu m'as vu sortir de chez moi. Tu me crois aveugle ? Tu transpires la peur, Alex. Qu'est-ce que tu mijotes avec Océane ? Ma sœur est assez grande pour se défendre toute seule et, comme tu l'as si bien dit, je ne suis pas son père. Vos histoires ne me concernent pas. Mais si jamais tu t'amuses à comploter dans mon dos, si jamais tu cherches à me fourrer dans de sales draps, tu n'aurais pas assez de ta vie de petit bourgeois pour le regretter.

Là-dessus, Max écarte légèrement un pan de son blouson, qu'il laisse retomber presque aussitôt. J'ai eu le temps d'apercevoir, glissé dans la ceinture de son pantalon, le manche d'un couteau dont la longueur, que je ne fais que deviner, me fait froid dans le dos. Un souvenir de son père?

Max tourne les talons et s'éloigne rapidement.

Ma chemise est trempée.

9

LES OUBLIÉS DU CIRQUE

Toute la journée, j'ai espéré en vain qu'Océane me téléphone.

Aucune nouvelle. Après ma rencontre avec Max, je suis rentré chez moi et me suis enfermé dans ma chambre. Un mot de mes parents, sur le comptoir de la cuisine. Ma mère m'informait qu'ils étaient partis à un vernissage et qu'ils rentreraient tard.

Délicate attention de sa part, une assiette de poulet froid avec de la mayonnaise en tube m'attendait dans le frigo. Je déteste le poulet froid. J'ai toujours détesté le poulet froid. Et de la mayonnaise en tube! À quoi est-ce que ça leur sert d'être riches?

Allongé sur mon lit, j'ai longuement ruminé les événements de l'après-midi, m'interrogeant sur ce qu'Océane avait pu dire ou ne pas dire à son frère, et sur ce que celui-ci a fait ou a l'intention de faire.

Le nom de Matteo Arlindo n'est pas encore connu du public. C'est mon père qui me l'a appris ce matin et il tenait l'information directement des policiers qui m'ont arrêté. Or, Max sait que c'est lui la victime, il a cité son nom. Océane a-t-elle eu une explication franche avec lui ? Elle me paraissait pourtant méfiante à son égard. Si ce n'est pas le cas, je ne vois pas comment il a pu l'apprendre... à moins de l'avoir tué lui-même.

Leur attitude ne me paraît pas claire. J'avais toujours cru qu'ils étaient profondément unis, que ce qu'il restait de leur famille se tenait les coudes contre l'agressivité ou l'indifférence du monde dans lequel ils avaient été jetés, presque sans défense, au sortir de l'enfance. Les choses ne me semblent plus aussi évidentes à présent.

Je ne veux pas m'immiscer dans la vie privée d'Océane, encore moins faire surgir de son passé des souvenirs odieux ou pénibles, mais comment l'aider si je n'en sais pas un peu plus long ?

Il est clair que le meurtrier a agi selon un plan longuement médité. Matteo Arlindo n'est pas mort à l'issue d'une querelle qui a mal tourné. Le stratagème impliquant le couteau et le blouson d'Océane en fait foi. Toute l'affaire tourne autour d'un secret qui engage autant Arlindo que le père d'Océane. Quel drame a donc eu lieu, il y a huit ans, et qui a connu hier son dénouement tragique ?

Peut-être en saurai-je davantage lundi, quand la presse se sera emparée du sujet. Encore que… Une petite fille égorgée, ou une bombe explosant au milieu d'un rassemblement populaire et faisant un maximum de victimes innocentes, en voilà de l'information juteuse. Un vieil alcoolique poignardé près d'un canal, en revanche… Tout au plus cela fera-t-il l'objet d'un entrefilet en page dix. Enfin, je suppose. Il est vrai que je ne lis jamais les faits divers…

Tout à coup, une idée me vient. Même si Frank et Matteo n'étaient pas des célébrités internationales, ils étaient tout de même des artistes connus dans leur milieu. Il doit donc exister des informations sur eux dans cette galaxie nébuleuse qui a nom Internet.

Je m'installe à l'ordinateur, lance mon moteur de recherche. Frank Bourgault, Matteo Arlindo… Pas grand-chose. De brèves allusions dans des articles sur le cirque remontant à une dizaine d'années, ou dans des blogues consacrés à cet art. Quelques photos, mais la plupart ne mentionnent ni le lieu ni la date.

L'une d'elles, toutefois, sur un site plus précisément consacré au lancer de couteaux, attire soudain mon attention. On y voit deux lanceurs face à face, chacun portant sur la poitrine une cible rigide de la taille d'une assiette à dessert. Le cliché est pris d'assez loin et on ne discerne pas nettement les traits de celui qui fait face à l'objectif. Mais l'identité de l'autre, plus proche, de dos, ne fait aucun doute à mes yeux même si on ne voit pas son visage : j'ai vu cent fois sur Océane le blouson de satin rouge dont il est vêtu.

Frank Bourgault...

Le blouson lui va mieux qu'à Océane, à qui il tombe sur les épaules. Un homme de belle prestance, pour autant que je puisse en juger. On distingue, sur sa joue gauche, un favori noir et fourni. Je devine qu'il a les mêmes yeux qu'Océane. Noir de jais. J'imagine le regard pénétrant et magnétique. L'homme devait fasciner.

Il me fait penser à ces seconds rôles de cinéma, que je trouve plus impressionnants que les vedettes à cause de l'aura de mystère qui semble émaner d'eux. Ou, mieux encore, à ces êtres secrets des bandes dessinées pour adultes qui paraissent n'être jamais tout à fait sortis de la nuit dans laquelle ils ont pris naissance.

Son partenaire doit être Arlindo. Plus trapu, plus lourd. Plus terre à terre. On sent la force dans ses membres plus courts que ceux de Frank. Chacun des deux hommes tient un couteau dans la main droite.

Aucune date, aucun nom ne figurent sous la photo. Aucun commentaire. Le cliché ne m'apprend rien, sinon qu'il fournit, à défaut d'un visage, une silhouette au père d'Océane. Je me plains fréquemment de mes parents, absents plus souvent qu'à leur tour, mais je me demande ce qu'est la vie d'un enfant qui n'en a plus du tout...

Je poursuis mon enquête dans l'espoir de trouver autre chose, une autre photo, une anecdote, un indice qui me mettrait sur la voie de ce qui s'est produit il y a huit ans. Je recherche des traces de Matteo Arlindo qui, s'étant mis à boire, selon ce que m'a dit Océane, a dû déchoir de son statut d'artiste et se retrouver parmi les laissés pour compte du cirque.

C'est alors que je découvre un article consacré aux travailleurs méconnus de la piste, ces tâcherons obscurs qui végètent à l'ombre des chapiteaux et ne paraissent sur la scène qu'une fois le spectacle terminé pour ramasser le crottin des chevaux. Le texte n'est pas daté mais il me paraît assez ancien. On est loin du merveilleux du cirque dans ces récits de la détresse quotidienne. Au moment où je vais en abandonner la lecture, toutefois, je tombe sur un nom que je ne m'attendais pas à y trouver.

L'auteur, après avoir évoqué les mille et une misères des gens du cirque vieillissants, cite le cas de cet homme qui a passé sa vie à hisser des chapiteaux, à installer trapèzes et fils de funambules, à nettoyer la litière des chevaux, à balayer derrière le passage des artistes, et n'est cependant jamais passé sous les projecteurs. Un homme dont j'ignorais qu'il avait vécu autant d'années dans les coulisses du cirque. Lucien Raffier.

« J'ai toujours travaillé dans les cirques, précise celui-ci dans une entrevue reproduite en annexe de l'article, mais jamais sur la scène. Je n'ai jamais eu ce talent. Toutefois, pour s'exercer dans les meilleures conditions, ce talent doit pouvoir s'appuyer sur une organisation impeccable. C'est un peu grâce à nous, les hommes de l'ombre, que les artistes peuvent s'exprimer. »

Puis, un peu plus loin, il ajoute : « J'ai vu défiler sous mes yeux tous les numéros du monde, j'ai entendu les applaudissements et les sifflets, mais j'ai vu aussi les larmes et la douleur, l'amertume, la déchéance. S'il est incontestablement un monde de fraternité et d'entraide, le cirque n'en est pas moins parfois cruel. J'ai assisté à des événements grandioses, mais aussi à des choses atroces. »

L'article ne dit rien de plus sur Raffier ni sur ce qu'il a vu « d'atroce ». C'est frustrant. Cependant, ma curiosité est piquée. Je savais que le vieux et Laura, la grand-mère d'Océane, se fréquentent parfois – c'est Océane elle-même qui me l'a dit –, mais je pensais à de simples relations de voisinage. Ce texte me révèle qu'il y a certainement beaucoup plus que ça entre eux.

Une certitude se fait jour en moi : Lucien Raffier a aussi bien connu Frank que Matteo Arlindo. Et si quelque chose « d'atroce » leur est arrivé, il doit forcément le savoir.

Pourtant, alors même que je songe à ressortir pour aller traîner du côté de chez l'homme au cochon, je me rends compte que certains détails cadrent mal avec l'ensemble. Si Raffier sait des choses sur le passé des parents d'Océane, comment se fait-il que cette dernière, ou tout au moins son frère, ne le sache pas ? Et moi-même, dans tout ça, de quoi est-ce que je me mêle ?

À cette dernière question, j'ai la réponse : je suis tombé sur un cadavre, mon T-shirt a été maculé de son sang et je suis le seul témoin, hors Océane et l'assassin lui-même, à connaître l'arme du crime. Je suis donc dedans jusqu'au cou !

Je ne peux plus rester ici à surfer sans fin sur le Web ou à me morfondre en ressassant des questions sans réponse. Je ne veux pas non plus essayer de retourner chez Océane. Je ne veux pas qu'elle ait l'impression que je la harcèle. Au pire, je la verrai lundi à l'école. En revanche, la maison de Lucien Raffier m'attire comme le miel une mouche…

Quelques instants plus tard, je longe de nouveau le canal en direction de la rue Saint-Rémi. En débouchant du chemin qui donne dans la rue, je ne sais pourquoi, j'oblique brusquement sur la gauche et, au lieu de me diriger vers le domicile de monsieur Raffier, je prends la ruelle qui passe derrière. Peut-être est-ce parce que je ne l'ai pas aperçu sur sa galerie, embusqué comme à son habitude ?

Quoi qu'il en soit, je longe l'arrière du minuscule édifice. Il y a encore quelques semaines, il était impossible de passer par ici à cause des travaux de terrassement. La ruelle, dont l'autre côté était autrefois bordé par des ateliers tombés en désuétude, est en train d'être éventrée pour laisser place à une allée piétonnière ou un parc pour enfants.

La cour de l'immeuble, qui ne comporte que deux étages, rassemble un bric-à-brac indescriptible qu'on peut apercevoir depuis que les vieilles palissades ont été retirées. Débris de ferraille, pièces de bois vermoulues, outils hors d'usage, «machins» que je suis dans l'impossibilité de dénommer autrement.

Un mouvement attire mon attention, près de la porte qui mène à l'intérieur de l'appartement du rez-de-chaussée, celui des Raffier. Une silhouette qui trottine légèrement et disparaît presque aussitôt, refermant sans bruit la porte derrière elle. Est-ce que j'ai rêvé? Non, je suis bien sûr de ce que j'ai vu.

Charlotte, la femme de Raffier. Que je croyais paralytique…

10

LES OMBRES DU PASSÉ

Me voilà dans le salon de monsieur Raffier, dans la pénombre, sous le regard du vieil homme. Je ne saurais dire si celui-ci est narquois, simplement amusé de me voir si mal à l'aise ou carrément malveillant.

Tout à l'heure, dans la ruelle, je suis resté planté un moment devant la clôture abîmée, me demandant ce que je devais faire. Puis la porte s'est rouverte et j'ai entendu un couinement. Nanan, le cochon, s'est précipité dans la cour, bientôt suivi par monsieur Raffier. Celui-ci a aussitôt remarqué ma présence – ou peut-être, ai-je pensé plus tard, m'avait-il déjà aperçu de l'intérieur par la fenêtre de la cuisine.

Son éternel sourire ironique aux lèvres, il m'a demandé ce que je faisais là à bayer aux corneilles.

— Je me promène, ai-je bredouillé, tout en étant conscient de l'inconsistance de ma réponse.

— Belle promenade, a-t-il répliqué d'une voix moqueuse.

Je ne savais que dire. J'étais furieux contre moi-même. J'étais venu par ici dans l'intention de faire parler Raffier à propos de la vie du cirque et, éventuellement, des rapports houleux entre Frank et Matteo, mais je n'avais rien préparé pour aborder le sujet et c'était lui qui, à présent, me questionnait.

Je ne pouvais tout de même pas lui demander de but en blanc : « Dites-moi, monsieur Raffier, savez-vous pourquoi Frank Bourgault et Matteo Arlindo se disputaient, vers la fin de leur carrière ? »

L'homme aux yeux vairons ne me quittait pas du regard. Il fallait que je trouve quelque chose à dire, vite.

— En fait, je… je voulais m'excuser pour tout à l'heure, ai-je fini par prononcer d'une voix mal assurée.

— Pour tout à l'heure ? Qu'est-ce qu'il s'est passé, tout à l'heure ?

— Je me suis montré un peu rude à votre égard et je le regrette.

Le vieux s'est mis à glousser, d'un petit rire étouffé qui ressemblait plutôt à une quinte de toux.

— Rude, dis-tu ? Qu'est-ce que tu sais de la rudesse, mon garçon ? Tu m'as l'air d'avoir grandi dans un monde un peu trop civilisé dans lequel un simple éternuement peut passer pour de la barbarie. J'ai vu pire, je peux te l'assurer. Bien pire. Et ma vie a été longue…

J'ai haussé les épaules. Son discours me rappelait celui de Max. Comme si le fait d'avoir des parents riches m'avait épargné toutes les contrariétés, les hontes et les angoisses. Les riches aussi ont leurs aventures sordides, leurs coups bas, leurs haines et leurs traîtrises. Ils les masquent peut-être avec davantage de facilité que les autres derrière leurs sourires et leur prétendue éducation, mais la rudesse n'est pas l'apanage d'une seule classe.

— Disons que je ne me suis pas montré très poli, ai-je dit en essayant de sourire. Ça ne me ressemble pas.

— En effet. Tu m'as l'air très nerveux aujourd'hui. Ce n'est pas tous les jours qu'on tombe sur un mort, n'est-ce pas?

Sa remarque m'a gêné, tout à coup. Employait-il l'expression « tomber sur » dans le sens de « rencontrer fortuitement », ou bien savait-il que j'étais *réellement* « tombé » sur ce cadavre, barbouillant par le fait mon T-shirt de sang? Mais, dans ce cas, comment l'aurait-il su?

Le meurtre d'Arlindo a-t-il déjà été annoncé à la radio? Ça m'étonnerait. Nous sommes dimanche et les informations sont rances. Je crois plutôt que les gens du quartier, excités par ce qui, pour une fois, s'est passé près de chez eux, ont fait circuler leurs commentaires et leurs ragots sur le sujet. Je ne crois pas que la police ait déjà divulgué des détails aussi précis aux journalistes.

— Allons, ne fais pas cette tête, Alex, a repris le vieux. Tiens, viens donc t'asseoir un instant, tu me raconteras ce qui te tracasse. Passe par-devant, je vais t'ouvrir.

J'ai eu l'impression que le vieux était encore plus intéressé que moi par le crime de la veille, sans bien comprendre pour quelle raison. Curiosité naturelle de vieillard qui s'ennuie ? Quoi qu'il en soit, c'était l'occasion inespérée de le faire parler du passé de la famille d'Océane.

C'est ainsi que je suis entré chez lui… À présent, il me désigne un fauteuil et s'installe lui-même sur une chaise de cuisine, en face de moi. Je remarque que sa femme ne se trouve pas dans la pièce. Le cochon non plus. Je ne veux pas rompre le silence le premier.

— Eh bien, fait-il enfin. Quelle aventure, n'est-ce pas ? Tout le coin est en émoi.

— Je ne peux pas en juger, dis-je en esquissant un geste vague de la main. Je ne me promène guère dans les rues, en fait, et je ne traîne pas dans les bars du quartier.

— Il n'est pas nécessaire de fréquenter les tavernes, répond Raffier. Tu sais, nous autres, les anciens habitants de Saint-Henri, pas ceux des nouveaux condos du canal, les vieux comme moi, qui avons presque toujours vécu ici, nous savons très vite tout ce qui s'y passe. Le vieux Saint-Henri est comme un village. Tout le monde voit tout, tout le monde sait tout…

Dans la pénombre, les deux yeux du vieil homme paraissent presque noirs et identiques. Ils sont fixés sur moi, comme s'ils voulaient me clouer au dossier du fauteuil. Je suis venu avec l'intention de lui tirer les vers du nez, mais je me rends compte que c'est lui qui mène l'interrogatoire.

Je me demande qui d'autre que lui m'a vu hier soir, qui d'autre a vu Océane – ou du moins la personne qui s'est fait passer pour elle. Je me demande si tous les vieux du quartier savent que je vais régulièrement chez elle. Je me demande ce qu'ils savent, en fait, ou ce qu'ils croient savoir, et ce qu'ils font de ce prétendu savoir.

Dans bien des dictatures, ce sont souvent les voisins qui se dénoncent entre eux.

Juifs, communistes, homosexuels, que sais-je encore? Un mot aux autorités et hop!, le type qu'on détestait depuis toujours disparaît comme par enchantement parce qu'on l'a signalé comme «indésirable».

J'aime ce quartier parce qu'il est humain, justement, mais cette humanité a son envers, sa face sombre : tout le monde s'y mêle de la vie de tout le monde. Un bruit court, enfle, dégénère, se transforme, et on s'aperçoit que, alors qu'on se croyait libre, les moindres de nos faits et gestes ont été enregistrés par des centaines de paires d'yeux et d'oreilles pas toujours bienveillants. Finalement, qui d'autre que monsieur Raffier m'associe et associe Océane au meurtre de la nuit dernière? Que raconte-t-on dans mon dos?

— Ainsi donc tu n'as rien vu, reprend le vieillard, me tirant de mes réflexions.

— Rien de plus que vous, fais-je du tac au tac.

— Oh, moi, tu sais... Les gens vont, viennent, ça ne me regarde pas. Je les connais presque tous, par ici. Les anciens, en tout cas.

L'occasion est trop belle pour que je la laisse passer.

— Vous connaissez donc bien Océane et son frère.

— Leur grand-mère également.

— Et leurs parents aussi, j'imagine. D'autant plus que vous avez été un homme de cirque.

— C'est Océane qui t'a dit ça ? demande le vieux.

— Non. Océane ne parle pas des gens. C'est une très chic fille. J'ai trouvé l'information sur Internet, un site sur les coulisses du cirque. Un journaliste vous y interrogeait sur votre métier.

Raffier paraît étonné. Il se gratte le menton.

— Oui, oui, je crois me souvenir, fait-il en traînant légèrement la voix. Il y a bien des choses, sur Internet, que je ne connais pas. Je ne comprends pas bien toute cette technologie. Mais c'est loin, tout ça. Une autre époque. La vie du cirque, je veux dire. Le cirque a changé.

— Il n'y a plus de lanceurs de couteaux ? dis-je au hasard.

— Des artistes de la trempe de Frank Bourgault, non, je ne crois pas. Frank était un des derniers grands. Je l'ai connu très jeune.

— Il avait un partenaire.

— Oui, Océane a dû te raconter. Un homme qui lui avait tout appris du métier.

Frank était très fort et il avait même fini par surpasser son maître. Ils travaillaient ensemble, cependant. Leur numéro était fameux. Ils se faisaient appeler «Les Chourineurs». Un vieux mot de l'argot français qui désignait autrefois ceux qui manient le couteau. Ils étaient très amis, avant de se disputer. Et puis Frank est mort, une nuit.

— De mort naturelle?

Le vieil homme ne me répond pas. Sans cesser de me fixer, il plisse les paupières. Il a l'air d'un animal à l'affût.

— Je n'y étais pas, prononce-t-il enfin en baissant la voix.

Raffier ment, j'en suis certain. Du moins en sait-il sur ce sujet davantage qu'il ne veut bien le dire. Je ne dois pas le lâcher.

— Mais pourquoi se disputaient-ils, si leur numéro était si bon que ça?

Raffier hausse les épaules.

— Pourquoi t'imagines-tu que deux hommes se disputent, Alex? Il n'existe que deux raisons.

— L'argent?

— L'argent en est une. Mais dans le monde du cirque, l'argent est rarement une cause de dispute entre les artistes. Pour la simple raison que, le plus souvent, il manque aux uns comme aux autres.

— Justement. Ils avaient peut-être monté une combine un peu bancale et qui a mal tourné.

— Tu lis trop d'histoires, mon garçon, fait le vieux en retrouvant son sourire. Les gens du cirque se tiennent la main. Je ne te dis pas qu'ils sont des anges, mais leur monde est trop fragile pour qu'ils ne fassent pas bloc contre l'adversité. Il y a des voleurs et des escrocs dans tous les milieux, mais si un étranger se mettait en tête de tromper ou de dépouiller un homme du cirque, les autres s'uniraient contre lui et je ne donnerais pas cher de sa peau. La vie de ces gens dépend trop des uns et des autres. D'ailleurs, autant Matteo que Frank étaient des hommes fiables et honnêtes. Au cours de leur numéro, ils étaient chacun et en même temps le lanceur et la cible. Leur confiance mutuelle devait être absolue.

— Vous ne pensez donc pas qu'ils aient pu tremper dans une affaire louche?

— Je ne dis pas ça, Alex. Je dis que s'ils ont fait un mauvais coup, ce n'était pas l'un envers l'autre mais contre quelqu'un de l'extérieur. Et là, ça ne nous regardait pas.

Je remarque l'emploi du «nous». Même si Raffier m'a dit tout à l'heure que tout ça c'était loin, que c'était une autre époque, il se sent toujours solidaire de cette sorte de fraternité des gens du cirque. Je suis donc d'autant plus persuadé qu'il sait quelque chose à propos de ce qui a causé la rupture entre les deux partenaires. Et, pourquoi pas, à propos de la mort de Frank.

— Qu'a fait Arlindo après le drame ? Il a quitté le cirque ?

— Oui. Il s'était mis à boire. Pour un lanceur de couteaux, ça ne pardonne pas.

— Vous ne l'avez jamais revu ?

Raffier me fixe en silence, les yeux mi-clos. Son sourire a disparu. Quelque chose me dérange. Il ne peut pas encore savoir que le cadavre d'hier est celui de Matteo Arlindo, et il peut encore moins savoir que moi, je le sais. Que craint-il en me parlant de cet homme ?

J'ai l'impression que, depuis tout à l'heure, il me mène en bateau. Il feint de répondre à mes questions de bonne grâce, il me parle du cirque comme d'un milieu qui lui tient encore à cœur, mais en fait il cherche plutôt à m'égarer. Le bonhomme est loin d'être un vieil imbécile. Il est rusé et retors.

Tout à coup, un couinement se fait entendre dans la pièce du fond. Raffier se lève brusquement.

— Nanan a faim, commente-t-il d'un ton sec. Et il sera bientôt l'heure de sa promenade. Je vais te libérer, Alex. Pour toi aussi, il va être l'heure de souper. J'espère bien te revoir un de ces jours.

Il est clair que je suis congédié. Quand je pense que d'habitude, c'est moi qui ne sais pas comment me dépêtrer de lui…

Je me lève à mon tour et me dirige vers la porte. Il ne m'accompagne pas. Je le salue d'un mot et je sors. Ce n'est qu'une fois dans la rue que je me rends compte qu'il ne m'a rien dit de la deuxième raison pour laquelle, selon lui, deux hommes peuvent se disputer.

Est-ce parce que c'est la bonne ?

11

LA FIGURE MANQUANTE

Je n'ai pas revu Océane de toute la soirée. Je n'ai pas osé sortir de chez moi. En fait, j'ai passé la fin de mon dimanche allongé sur mon lit, à me demander quelle était l'autre raison – outre l'argent – qui pouvait dresser deux hommes l'un contre l'autre et les pousser à commettre des actes qu'ils n'auraient pas perpétrés autrement.

Le pouvoir? Je suis persuadé depuis longtemps que c'est bien la quête du pouvoir qui mène le monde – même si ce doit être à sa perte. Mais de quel pouvoir pouvait-il être question entre les Chourineurs? Pour le peu que j'en sache, les gens du cirque, comme ceux du voyage, sont peut-être ceux qui sont le plus éloignés de toute forme de pouvoir. Ils ne sont guère enclins à l'obéissance, et sans doute ne sont-ils pas davantage portés à l'asservissement des autres.

La possession? Ou, tout au moins, le désir de posséder? Oui, bien sûr. Mais ce désir est trop lié au thème de l'argent pour qu'on puisse l'en dissocier. L'argent n'est que la représentation de la possession, et la représentation est souvent plus attirante pour l'homme que la chose dont elle n'est pourtant que l'image.

La haine? Sans aucun doute. Mais la haine n'est pas naturelle, elle n'apparaît pas sans qu'une cause extérieure l'ait provoquée. Qu'est-ce donc qui suscite la haine? Qu'est-ce qui allume ce feu incontrôlable capable de déclencher des massacres?

À l'école, on m'a appris que c'est la différence. On hait ce qui est différent de nous. Ce qui nous fait peur parce que nous avons peur de l'inconnu. Je ne crois pas que ce soit exact. La peur n'a rien à voir avec la haine, et ce qui nous est étranger nous est indifférent. On s'en fiche, on l'ignore. Ou, au mieux, on ne le voit même pas.

On ne hait pas non plus ceux qui nous méprisent, ceux qui nous piétinent ou ceux qui nous possèdent. Au contraire on les admire, on leur fait des courbettes, on cherche à leur plaire. L'histoire de l'homme en société est aussi l'histoire de la flatterie. Si les esclaves haïssaient leurs maîtres, ils les tueraient: ils ont l'avantage du nombre.

On ne hait pas davantage ceux que nous méprisons: ils ne le méritent pas. Notre mépris pour eux est assez fort pour que nous soyons dispensés de les haïr.

Que hait-on, alors?

Ce qui nous fait honte. C'est la seule réponse que je puisse trouver. On hait ce qui nous fait prendre conscience de notre propre nullité, de notre laideur, de notre petitesse. Pour que naisse la haine, il faut que quelque chose nous dérange, nous fasse honte. Il faut que quelque chose nous pousse à anéantir la cause de cette honte.

On hait ceux qui font avec facilité ce que nous sommes incapables de faire même au prix d'énormes efforts. On hait ceux dont le comportement nous dit: «Tu n'es pas à la hauteur.» On hait ce qui nous montre que notre petitesse ne vient pas d'ailleurs mais de nous-mêmes.

Les esclavagistes puniront l'esclave voleur ou «paresseux», mais ils le feront pour «son bien». Ils n'ont pas besoin de le haïr, il leur suffit de l'asservir et de réaliser du profit sur son dos.

Les puritains et les impuissants éprouvent de la haine pour ceux qui jouissent, les gens qui se tuent au travail éprouvent de la haine pour les oisifs, les rampants éprouvent de la haine pour les oiseaux.

Et les lanceurs de couteaux?

Je suppose qu'ils peuvent haïr celui qui ne rate jamais sa cible. Frank, d'après monsieur Raffier, avait surpassé Arlindo dans son art. Leurs dissensions étaient apparues après. Le vieil homme voulait-il dire que Matteo en était venu à prendre son élève en grippe parce qu'il était devenu meilleur que lui ?

Et après ?

Je soupire. Je tourne en rond. Ou, plus exactement, je m'égare. Frank et Matteo ont été tués tous les deux. Une éventuelle jalousie entre les deux hommes, même si elle a existé, ne peut donc être en cause. La menace qui pesait sur eux venait de l'extérieur et ces disputes dont parlent ceux qui les ont connus n'expliquent rien. Je fais fausse route.

Dégoûté par mes propres élucubrations, je me relève et vais rallumer mon ordinateur. J'ai envie de les revoir. Les Chourineurs… Matteo le trapu et Frank le rebelle romantique. Tout en essayant de retrouver le site qui montrait la photo, je me demande pourquoi je les affuble de qualificatifs aussi bêtement stéréotypés…

Lorsque le vieux cliché réapparaît enfin sur mon écran, je dois admettre que ce sont sans doute mes sentiments pour la belle Océane qui me font délirer. Matteo n'est pas si trapu que ça et rien, dans l'allure de Frank, n'indique qu'il ait été plus rebelle ou plus romantique qu'un autre. Ce n'est qu'un effet de mon imagination. Je ne vois que deux individus ordinaires dont l'un, de dos, ne me dévoile rien de significatif. Il n'est que la silhouette d'un homme que je ne connaîtrai jamais.

Pourtant, le vieux Raffier a raison. La confiance qui régnait entre les deux partenaires devait être absolue. Chacun porte au niveau du cœur une cible dont la taille ne donne pas droit à l'erreur. Un couteau mal lancé et le compagnon malchanceux se retrouvait transpercé. Ni le lanceur ni sa cible ne devaient céder à leurs nerfs, à leurs émotions. Quel événement avait pu anéantir l'amitié qui avait lié les deux hommes?

C'est une autre image qui, brusquement, me donne la réponse. Mais comment n'y avais-je pas pensé plus tôt? Le plus vieux mobile de haine du monde…

C'est encore une photo de cirque, plus classique celle-là. On y voit, en face du lanceur, comme écartelée sur une cible plus grande qu'elle, une femme vêtue d'un collant à paillettes et d'un justaucorps bariolé, souriant de toutes ses dents. Les couteaux, plantés à quelques centimètres de son corps forment autour d'elle une sorte d'auréole épineuse. Une femme superbe… Et la question me vient, brutale : pourquoi, à aucun moment, Raffier ne m'a-t-il parlé de Natasha, la mère d'Océane ?

Océane adorait sa mère, elle me l'a dit. C'était le cas de Max également. Et j'ai toujours cru, à cause de cela sans doute, que Frank et Natasha formaient un couple exemplaire, uni, amoureux. Alors pour quelle raison cette dernière a-t-elle disparu du paysage ?

D'après le peu qu'Océane a bien voulu me confier, Natasha a disparu un jour, ne laissant derrière elle qu'une brève lettre alléguant que la vie de famille avait détruit sa carrière. Je comprends que mon amie n'ait jamais voulu s'étendre sur le sujet. Elle a dû en souffrir pendant des années et l'évocation de l'abandon par sa mère, aussi jeune, doit lui être une douleur épouvantable. Mais Raffier ?

Considère-t-il que, en abandonnant sa famille, Natasha a abandonné le cirque dans son entier ? Considère-t-il que sa traîtrise l'a purement et simplement exclue du monde circassien et que jusqu'à son nom doit en être effacé ?

Non, ça ne tient pas. Natasha était trapéziste. Si elle a abandonné sa famille pour poursuivre sa carrière, c'était justement pour reprendre le cirque. Dans ce cas, je devrais retrouver sa trace sur Internet comme j'ai retrouvé celle de Frank.

Je lance aussitôt une nouvelle recherche. En vain, toutefois. Pendant près de trois quarts d'heure, je vogue de site en site sans pouvoir épingler la moindre Natasha trapéziste. J'aurais pu m'en douter. Il est évident que, si elle a voulu changer de vie, elle a aussi changé de nom. Je m'égare encore…

Puis mon questionnement prend un autre chemin, qui s'éloigne de plus en plus de la raison. Ayant été abandonnés, Max et Océane auraient dû détester cette mère qui les avait pour ainsi dire livrés au néant. Or, les rares fois où elle a évoqué le sujet devant moi, j'ai toujours senti chez Océane un amour sans faille pour sa mère. Et Max, semble-t-il, éprouve un sentiment analogue.

Que faut-il en déduire? Que Natasha n'a pas vraiment disparu? Qu'elle a régulièrement donné de ses nouvelles à ses enfants, qu'elle leur a, peut-être, envoyé de l'argent? Qui sait même si elle ne les a pas revus, dans le secret, les assurant entre deux tournées, à l'occasion d'un bref passage à Montréal, qu'elle les aimait toujours?

J'ai quand même du mal à y croire. Une disparition complète, cependant, ne me semble guère plus crédible. Frank, très amoureux de sa femme d'après ce qu'on m'a dit, n'a-t-il entamé aucune recherche pour la retrouver? Si le monde du cirque est si petit et si solidaire que monsieur Raffier semble le dire, comment une trapéziste peut-elle s'y volatiliser alors même qu'elle prétend y reprendre son métier? C'est à n'y rien comprendre.

Il faut prendre le problème par un autre bout. Si Natasha n'a jamais pu être retrouvée, c'est peut-être parce qu'elle n'a jamais disparu. Qu'elle est toujours restée là, dans l'ombre, près de Frank. Qu'il le sache ou non... Ange gardien ou démon guettant sa proie?

Le cirque vous propulse au sommet ou vous rejette dans le néant, ai-je lu sur le blogue dans lequel figurait l'entretien avec Lucien Raffier. La formule émanait d'un ancien artiste de haute voltige gravement blessé dans l'exécution de son numéro. Il avait fini sa vie, comme il le confessait avec amertume, «dans le crottin de cheval».

Natasha avait-elle été brisée, incapable de reprendre une place qu'elle estimait avoir perdue? Avait-elle échoué, elle aussi, «dans le crottin de cheval», miséreuse parmi les miséreux, aigrie, désespérée, rancunière?

Avait-elle noyé sa vie dans un désir de vengeance qui l'avait poussée à persécuter ceux qui, pourtant, l'avaient aimée ?

Non, là je délire complètement. Je ferais mieux de sortir prendre l'air avant de devenir fou. D'ailleurs mes parents ne vont sans doute pas tarder à rentrer de leur vernissage – ou du restaurant, ou de je ne sais quelle soirée mondaine – et je préfère ne pas être là quand ils arriveront. Et puis il fait nuit, ça me calmera.

Quelques instants plus tard, je déambule le long du canal. Vu la saison, il y a encore quelques promeneurs ou promeneuses à chien qui s'appliquent à ramasser les déjections de leur compagnon à quatre pattes dans de petits sacs en plastique que, parfois, ils se contenteront de jeter dans l'herbe lorsque personne ne regardera. Mais je n'ai même plus l'énergie nécessaire pour m'en indigner…

Arrivé près de la passerelle, je m'arrête un instant, hésitant, puis je poursuis mon chemin en direction du square Sir-George-Étienne-Cartier. Il y a vingt-quatre heures exactement, ici même…

C'est plus fort que moi…

Les banderoles fluorescentes ont été retirées. La police a dû retrouver tout ce qu'elle cherchait. C'est-à-dire, sans doute, pas grand-chose. Je revois la moue de mon père lorsqu'il a laissé tomber d'une voix condescendante : « Un alcoolique notoire. Sans doute une querelle entre ivrognes. Une affaire totalement dénuée d'intérêt. »

Pas le moindre uniforme. Même pas un flic en civil. L'endroit semble désert. Je m'avance vers la mare. C'est alors que j'entends un faible couinement. Que je reconnais…

Je m'approche lentement, essayant de ne pas faire de bruit. Puis je l'aperçois, dissimulé derrière le rideau de roseaux. Nanan. Tenu en laisse par monsieur Raffier. Ce dernier, qui était courbé vers le sol, se redresse prestement. Il me tourne le dos et j'ai à peine le temps d'entrevoir dans sa main un objet informe qu'il vient de ramasser et qu'il fait aussitôt disparaître dans sa poche.

Je fais quelques pas en arrière et me retrouve à mon tour masqué par les roseaux.

— Bien, Nanan, bien, murmure le vieux, qui ne m'a pas vu.

L'endroit où il a recueilli l'objet non identifié se trouve à une quinzaine de mètres de celui où je suis tombé sur le cadavre, derrière un gros massif de roseaux. Le cochon relève la tête et se met à renifler bruyamment.

— Sage, Nanan, sage.

Je ne bouge plus. L'homme tire sur la laisse, et le cochon, comme à regret, s'éloigne en suivant son maître en direction de la rue Saint-Ambroise. Je reste immobile jusqu'à ce que le bruit de leurs pas s'éteigne et que leurs silhouettes soient absorbées par la nuit.

J'ai envie de les suivre mais j'y renonce. Les cochons ont, paraît-il, un odorat extraordinaire. Meilleur que celui des chiens...

12

JEUNE FEMME RECHERCHÉE...

Ce matin, coup de théâtre.

Je suis arrivé à l'école de bonne heure, fébrile, après une nuit agitée, me demandant si Océane serait là. Oui, elle y est. Curieux, elle qui arrive toujours à la dernière minute... Elle se tient là-bas, seule, près d'une des entrées du bâtiment. Elle est vêtue d'un blouson noir qui me semble un peu grand pour elle. Même de loin, elle paraît blême.

Je m'avance dans sa direction. Mais, à ma grande surprise, lorsqu'elle me voit venir, elle me tourne le dos et pousse la porte. Je me sens découragé. Pourquoi veut-elle m'éviter ?

Puis, au moment où elle va disparaître dans l'entrée, elle se retourne et me lance un regard rempli d'angoisse. Un regard de détresse que j'interprète comme un appel au secours. Comme si elle voulait me parler, mais sans qu'on nous voie ensemble. Je m'élance à sa suite.

Parvenu dans le corridor, je l'aperçois tout au bout, près de l'autre sortie, celle que nous n'avons en principe pas le droit d'utiliser. Je la rejoins rapidement, m'assurant que personne ne nous a suivis. Sans un mot, elle me désigne d'un mouvement de tête l'escalier qui descend vers le local du journal dont je m'occupais avant de résigner mes fonctions. Nous en atteignons bientôt la porte, dissimulée dans un renfoncement du couloir. En ce lundi matin, bien sûr, l'endroit est désert.

— La porte doit être fermée, dis-je.

Sans répondre, Océane sort une clé de sa poche.

— J'en ai fait faire un double, une fois, m'annonce-t-elle.

Je me souviens qu'un jour, en effet, j'avais perdu cette clé, que je n'avais retrouvée que le lendemain, dans la poche de mon blouson. J'étais pourtant certain d'avoir vérifié à plusieurs reprises si elle s'y trouvait, et je ne m'étais jamais expliqué ce mystère…

Une fois à l'intérieur, Océane referme soigneusement la porte, puis elle me fait enfin face.

— Regarde ça, laisse-t-elle tomber, laconique.

Elle tire de son sac un journal plié en quatre qu'elle étale sur une table. Le *Journal de Montréal*. À la une, ce titre ronflant et sensationnaliste :

*Un vieillard sauvagement assassiné
à Saint-Henri !*

Quelques détails suivent dans les pages intérieures, toujours dans le même ton. On apprend que Matteo Arlindo, un résident de Verdun, a été poignardé à mort dans le square Sir-Georges-Étienne-Cartier dans la nuit de samedi à dimanche.

Je parcours nerveusement l'article, redoutant d'y voir apparaître mon nom et les circonstances de la découverte du cadavre. Fort heureusement, il n'y figure pas, pas davantage que les détails gênants sur ma présence ce soir-là dans le parc. Je suppose que mon père a bien fait les choses...

En revanche – et là je comprends tout à coup la raison de l'attitude inhabituelle et inquiète d'Océane –, le journaliste donne des informations assez claires sur le meurtrier présumé. La meurtrière, plutôt.

Contrairement à ce que j'avais pensé, en effet, et contrairement à ce que mon père lui-même m'a laissé entendre hier matin, l'hypothèse d'un règlement de comptes ou d'une bagarre entre ivrognes n'est pas évoquée. Le journaliste est clair là-dessus : d'après les indices découverts sur place, les policiers disent rechercher une femme de taille moyenne, qui se serait enfuie après avoir commis son crime.

La légitime défense paraît peu probable pour les enquêteurs. Matteo Arlindo, alcoolique reconnu, n'était plus très agile et il aurait eu les plus grandes difficultés à poursuivre la femme si celle-ci, agressée, avait vraiment voulu se débarrasser de lui et se sauver. Le meurtre aurait donc été, sinon prémédité, du moins parfaitement conscient.

Le mobile, cependant, échappe encore aux policiers. La victime ne semble pas avoir été dévalisée. Son portefeuille intact contenait, outre ses papiers, un peu d'argent, pièces de monnaie et billets. Pas beaucoup, mais assez pour tenter un voleur, même d'occasion.

Par ailleurs, l'homme ne portait aucune trace de blessures, sinon une vague griffure sur le cou, en arrière de l'oreille. Là encore, les enquêteurs évoquent une femme : les marques seraient caractéristiques d'ongles féminins vernis et corroboreraient l'analyse des empreintes digitales.

Je n'ose pas détourner les yeux pour vérifier, mais il me semble bien avoir toujours vu Océane avec des ongles peu soignés et, sinon rongés, du moins très courts. Il faudra que je prenne sa main…

Curieusement, l'article ne parle pas du tout du couteau, pourtant si original. La police n'en a donc pas parlé à la presse: aucun journaliste n'aurait laissé passer les particularités d'une telle arme, d'autant plus qu'il s'agit de l'unique objet relié au crime. Pourquoi ce silence? La police en sait-elle beaucoup plus long qu'elle n'a bien voulu le dire? Veut-elle éviter d'alarmer la véritable meurtrière?

Ma lecture terminée, je relève les yeux vers Océane, qui est demeurée tout ce temps immobile. Dans son regard, la panique a disparu. C'est au contraire avec une certaine dureté qu'elle soutient le mien. Je ne peux m'empêcher de regarder ses mains. Je suis soulagé de voir que ses ongles sont coupés ras. Malgré cela, un certain malaise ne manque pas de m'envahir. Océane attend clairement que je rompe le silence moi-même.

— Je te jure que je n'ai rien dit, articulé-je d'une voix un peu étranglée avant qu'elle ne me pose la question. Je n'ai parlé à personne du couteau, et encore moins du blouson. Pas même à mon père.

— À ton père? fait-elle d'un ton interrogateur.

— Il est avocat, tu le sais. C'est lui qui est venu me chercher au poste samedi soir, après mon arrestation. Il a discuté avec les policiers. Il a de nouveau parlé avec eux le dimanche matin. Moi, il m'aidera, bien sûr. Il tient à sa réputation et il fera tout ce qu'il faut pour qu'on ne l'entache pas en parlant de moi. Mais il n'hésitera pas à te charger s'il estime que ça peut l'aider.

— Il ne me connaît pas.

— Justement, il aurait d'autant moins de scrupules.

Océane hoche la tête, l'air sombre. Elle reprend le journal, le replie, le remet dans son sac.

— Ce que je ne comprends pas, murmure-t-elle, c'est pourquoi les policiers suspectent une femme avec autant de certitude. Le coup des ongles ne me paraît pas suffisant. Matteo peut avoir été griffé avant, ou par quelqu'un d'autre. Un autre témoin a dû «me» voir m'enfuir. Voir mon blouson, en tout cas. Depuis les appartements de la rue Léa-Roback, on a une vue plongeante sur le square. Un de ces maudits bourgeois embusqué derrière ses rideaux aura aperçu mon voleur de blouson.

— Je ne crois pas. Du moins, ce n'est pas nécessaire. D'après mon père, les experts de la police ont très tôt fait cette déduction en analysant les empreintes digitales, ainsi que la taille et la disposition des doigts sur le cout...

Océane pose sa main sur mon bras.

— Ces empreintes ne sont pas les miennes, coupe-t-elle d'un ton péremptoire.

— Ce sont pourtant les seules qu'on ait retrouvées. Est-ce que quelqu'un d'autre que toi a manié ce couteau?

— Personne, Alex, tu le sais bien. Même Max. Je ne supporte pas qu'on y touche. Mais mon couteau fait l'objet d'un entretien maniaque et je l'ai encore nettoyé entièrement la semaine dernière.

— En le rangeant, tu as peut-être quand même laissé une ou deux traces de doigt.

— Non, non, ce sont celles de l'assassin.

Océane serre les poings.

— L'ordure, ajoute-t-elle, la mâchoire crispée.

Je pose ma main sur son épaule. Elle a une sorte de frissonnement, mais je ne sais pas si c'est pour me faire comprendre que je dois la retirer ou simplement parce qu'elle est bouleversée. Dans le doute, je laisse retomber mon bras. Et puis, ce n'est pas de pitié ou de compassion dont elle a besoin, mais de faits concrets.

— Dis-moi, tu n'as jamais été fichée?

Océane se redresse. Elle retrouve son attitude rebelle.

— Jamais, gronde-t-elle. Je n'aime pas les flics et ils me le rendent bien, tu peux en être sûr, mais je n'ai jamais mis les pieds dans un poste de police et on n'a jamais pris mes empreintes.

— Tu ne crains donc rien, dis-je. En principe.

En principe, oui…

Quelque chose, pourtant, me chiffonne. Non, je ne crois pas que la police puisse remonter jusqu'à Océane en l'état actuel de ses connaissances mais, tout à coup, je revois mon père affirmer à propos de Matteo Arlindo: «Un alcoolique notoire. Sans doute une querelle entre ivrognes.» Or, quelques instants plus tôt, il avait déclaré que la police faisait d'ores et déjà porter ses soupçons sur une femme. Un oubli de sa part? En un si court laps de temps? Impossible. Maître Péladeau a une mémoire d'éléphant. Il n'oublie rien, surtout dans une affaire de ce genre…

Sur le moment, j'étais trop troublé pour relever cette incohérence mais, à présent, je me souviens du regard qu'il m'a lancé après m'avoir fait cette déclaration. Il savait pertinemment que le meurtre de l'ancien lanceur de couteaux n'avait rien à voir avec une quelconque bagarre entre piliers de bar. Pourquoi m'a-t-il menti?

Je ne crois pas qu'il cherche à me nuire, ce serait contraire à ses propres intérêts. Cependant, il ne dit jamais rien sans une raison bien précise. Déformation profession-nelle. Il a donc voulu m'égarer, me lancer sur une fausse piste. Pour quelle raison?

Il ne connaît pas personnellement Océane, celle-ci n'est jamais venue à la maison. Je ne pense même pas qu'il l'ait déjà aperçue, il n'a jamais mis les pieds à l'école et je ne crois pas qu'il me suive dans les rues ou qu'il me fasse suivre. Je ne comprends donc pas ce qui a motivé cette étrange attitude.

Il se méfie de moi, peut-être. De moi ou de mes réactions. Mais que craint-il? Que j'aille crier sur les toits que j'ai découvert un cadavre près de chez nous et que je me mette en quête du coupable en me prenant pour Rouletabille ou Hercule Poirot?

— En tout cas, reprend Océane en me tirant de mes réflexions, mon blouson ne sortira plus de chez moi. Je l'ai rangé dans une valise que j'ai glissée sous mon lit.

— Tu ne crois pas que tu devrais le détruire? hasardé-je.

Elle me lance un regard furieux.

— Je n'avais que deux souvenirs de mon père, grogne-t-elle, et je viens d'en perdre un. Jamais je ne me séparerai de cet objet.

— Et… de ta mère, il ne te reste rien ?

La phrase m'a échappé. Quel mufle je fais ! Comme si c'était le moment d'évoquer le sujet ! Pourtant, alors que je m'attendais à ce qu'Océane me tombe dessus avec virulence, elle semble au contraire s'effondrer. Elle baisse la tête, ses épaules s'affaissent.

— Non, rien, murmure-t-elle. Sinon la douleur de son départ. Je n'ai jamais compris. Elle nous aimait, pourtant. Elle aimait mon père. Mais elle aimait aussi le cirque, avec passion. Tu n'es pas de ce monde, Alex, tu ne peux pas juger.

— Je ne juge personne, je t'assure. Je me demandais simplement si…

Je ne suis pas capable de terminer ma phrase. Océane a planté ses yeux dans les miens, durs, profonds, insondables. Elle demeure ainsi un instant, puis elle prononce d'une voix à la fois douce et triste qui me désarme :

— Tu te demandes si elle est revenue, c'est ça ?

13

LES DENTS DE L'OURS

La sonnerie annonçant le début des cours a retenti et nous avons dû quitter la salle précipitamment. Je suis parti le premier. Océane me l'a demandé, ne tenant pas à ce qu'on nous voie ensemble. Comme nous ne sommes pas dans la même classe, nous ne nous sommes plus parlé de toute la matinée.

À midi, je l'ai cherchée en vain, elle avait disparu. Je suis allé rôder dans les environs de la Pizzeria Saint-Henri, puis vers les autres gargotes de restauration rapide, mais sans succès.

Je m'en voulais. Qu'est-ce qui m'avait pris de raviver le souvenir de sa mère en de pareilles circonstances? Comme si, de plus, je la soupçonnais de quelque chose d'atroce ou d'inavouable...

Océane n'a pas reparu de la journée. Après les cours, je décide donc de rentrer chez moi, un peu piteux. Les pensées se bousculent dans ma tête, mais je suis incapable de m'arrêter à l'une d'entre elles. Comment Océane a-t-elle deviné que j'avais envisagé un retour de sa mère alors que je n'avais jamais évoqué ce sujet avec elle ? Elle n'a même pas eu l'air étonnée. Serait-ce parce que ce retour a réellement eu lieu ? Depuis longtemps, peut-être. Natasha est-elle même vraiment partie ?

Pour les policiers, il ne fait guère de doute que l'assassin de Matteo Arlindo est une femme, les indices tendent à le confirmer. Et la possible présence de Natasha dans le paysage apporte de l'eau à leur moulin.

Sauf que moi, je sais une chose que la police ignore. Que l'assassin soit un homme ou une femme, peu importe, les empreintes sur le couteau ne sont probablement pas les siennes, mais plutôt celles d'Océane, des marques laissées par elle avant qu'elle se soit fait subtiliser le précieux souvenir. Mais je ne peux rien en déduire, sinon qu'il a dû dérober le couteau et le blouson, et remettre ce dernier en place après le meurtre.

Quant aux marques de griffures sur le cou d'Arlindo, Océane a raison de faire remarquer qu'elles ne prouvent rien : elles ont pu être faites à n'importe quel moment de la journée, et par n'importe qui d'autre que l'assassin. Ce qui me semble étrange, par contre, c'est que les policiers n'aient pas évoqué l'arme du crime devant les journalistes.

Non, ce n'est pas étrange, quand j'y pense. C'est inquiétant! Cela ne peut signifier qu'une chose : les enquêteurs savent quelque chose à propos de ce couteau mais ils tiennent à ce que le meurtrier l'ignore. Pour ne pas l'alarmer. Pour qu'il ne les voie pas venir. D'une manière ou d'une autre, ils sont donc déjà sur sa piste!

Or cette piste, pour l'instant, c'est celle d'Océane.

Non, je ne peux pas rentrer chez moi ainsi. Je dois savoir. Savoir au moins qu'Océane est libre. Au dernier moment, rue Saint-Ambroise, je fais donc demi-tour et me dirige vers la rue Sainte-Marie.

Chaque fois que je croise une voiture de police ou qu'elle me dépasse – et l'occasion ne manque pas à Montréal! –, j'ai une suée d'angoisse. Vient-elle de chez les Bourgault? En revient-elle? J'essaie de voir, à travers les vitres arrière, si quelqu'un se trouve dans le véhicule, mais je n'arrive pas à distinguer grand-chose.

J'arrive dans la rue Sainte-Marie par l'ouest. J'ai dû faire un détour, mais je ne voulais pas passer devant la maison de monsieur Raffier. Encore un qui n'est pas clair. Qu'est-ce qu'il fichait hier soir dans le square, et qu'a-t-il ramassé près de la mare aux roseaux ? Ça n'a peut-être aucun rapport avec le meurtre, mais dans une affaire aussi tordue, on ne peut être sûr de rien...

Je ne suis plus maintenant qu'à quelques pas de l'immeuble un peu délabré où vivent les Bourgault. La rue est déserte. Pas de voiture de police, pas même un passant. Une rue morte... Monter l'escalier, sonner à la porte ?

Une fois encore, je renonce. Je me rends compte que j'agis en dépit de tout bon sens. J'ai honte. Honte de me comporter comme un ado amoureux, comme un enfant qui a trop lu de romans policiers et cherche les traces du voleur de confiture...

Tant pis. Je rentre.

À la maison, ma mère n'est pas là, bien sûr. Toutefois, je suis surpris de voir mon père. Il est installé dans un fauteuil du salon, son éternel verre de whisky à la main. Je ne sais pas pourquoi mais j'ai l'impression qu'il m'attend.

Du coin de l'œil, j'aperçois le *Journal de Montréal*, plié en deux sur la table basse, à côté de la bouteille de Lagavulin. Curieux. D'habitude, il consulte les nouvelles sur sa tablette électronique et il fait plutôt ses délices de la presse économique ou des journaux anglais, qu'il juge mieux informés que ce quotidien populiste, prétend-il. À mon humble avis, il les trouve surtout plus chics…

— Eh bien, Alex, que penses-tu de toute cette affaire? lance-t-il d'un ton enjoué qu'il voudrait sans doute naturel mais qui, à mes oreilles, sonne aussi faux qu'un bijou en strass.

Depuis quand s'intéresse-t-il à ce que je pense? Ses questions, quand il m'en pose, sont en général du genre «As-tu eu de bonnes notes à l'école?» ou «Ça s'est bien passé pour toi aujourd'hui?» Il n'attend d'ailleurs pas la réponse et, considérant sans doute que la question la contient déjà, il reprend sa lecture là où il l'avait laissée une demi-seconde plus tôt.

Cette fois, cependant, il semble bien attendre une réaction de ma part. Autant j'ai l'impression, la plupart du temps, qu'il ne me voit même pas, que je n'existe pas, autant à présent il me dévisage comme s'il comptait sur mon opinion avant de prendre une importante décision. Peine perdue. S'imagine-t-il vraiment que je vais croire à sa soudaine sollicitude?

— Je n'en pense rien, fais-je en haussant les épaules. J'aurais simplement souhaité qu'une telle chose ne se produise pas et je ferai mon possible pour l'oublier.

Mon père hoche la tête, affectant un air compatissant.

— Oui, bien sûr, marmonne-t-il. Il est toujours déplaisant d'être mêlé à une histoire lamentable de ce genre. Surtout lorsqu'elle risque de nous attirer des ennuis…

Il a ajouté cette dernière phrase après un léger temps d'arrêt. Ce n'est pas innocent. Je devine derrière son discours toute la technique de l'avocat, l'éloquence du maître qui dit sans avoir l'air de dire, qui embobine son auditoire et l'amène, sans que ce dernier s'en aperçoive, à des conclusions qui sont tout sauf improvisées.

Je le connais assez pour savoir qu'il est en train d'essayer de me manipuler. Mais dans quel but ? À quels ennuis, réels ou supposés, fait-il référence ? Il m'a clairement affirmé hier que la police avait accepté ma version des événements. A-t-elle découvert un élément nouveau ? Un témoin, qui connaî-trait Océane, aurait-il rapporté l'avoir vue s'enfuyant du lieu du crime après avoir lu l'information dans la presse ?

Je ne crois pas que les habitants des immeubles environnants aient des raisons de connaître une fille vivant à plusieurs rues de là, et dans un milieu social différent. Raffier a beau dire, nous ne vivons pas tout à fait dans un village.

Raffier…

Remarquant sans doute mon expression perplexe, mon père reprend :

— On doit beaucoup en parler à l'école, non? Qu'est-ce qu'ils en disent, tes camarades?

— Rien. Rien du tout. Comme tu l'as dit toi-même, une histoire de bagarre entre ivrognes, ça n'intéresse personne.

— Hmmm, bien sûr, bien sûr, grogne-t-il en faisant tourner son whisky dans son verre. Mais c'est bizarre, tout de même. Tu n'as rien remarqué de spécial sur le cadavre quand tu es tombé dessus?

Qu'est-ce qui est bizarre? Qu'est-il en train d'insinuer? Que j'ai caché à la police un détail important? Que je connais l'arme du crime, peut-être? Je me demande tout à coup s'il agit ainsi par simple curiosité ou si ce sont les enquêteurs qui lui ont demandé de me cuisiner gentiment, espérant obtenir par ce stratagème de meilleurs résultats.

La moindre hésitation de ma part lui paraîtra suspecte et je ne pourrai plus me soustraire à son interrogatoire.

— Que veux-tu que j'aie remarqué? dis-je d'un ton agacé. Je me suis cassé la figure sur un bonhomme en sang. C'était répugnant, je n'ai pensé qu'à une chose: disparaître au plus vite. Il aurait porté un maillot de bain rose ou un collier de dents de requin que je n'en aurais rien vu.

— Des dents de requin, dis-tu? fait-il en arrondissant le sourcil. Curieuse idée. Pourquoi pas des dents d'ours?

Il m'aurait frappé au visage que je n'aurais pas été plus décontenancé. Il y a là comme une mise en demeure à peine dissimulée. Seuls les policiers connaissent la description du couteau d'Océane, ils n'ont pas divulgué l'information. Sauf à mon père, apparemment. Qui me la renvoie en pleine figure comme une accusation.

Il m'apparaît clairement que, si les enquêteurs admettent mon innocence face au meurtre, ils pensent néanmoins que je leur ai menti. Ou, du moins, que je leur ai dissimulé une partie de ce que j'aurais dû leur révéler. Ils n'ont pas tort... Ce couteau, je pourrais le dessiner de mémoire jusque dans ses moindres détails. Pourtant, le reconnaître maintenant reviendrait à avouer que j'ai volontairement omis d'en donner la description au moment où j'ai été interrogé. Je dois maintenir ma position.

Mon père a dû remarquer mon trouble. Je dois réagir au plus vite. Et avoir l'air naturel... Je choisis de feindre l'incompréhension, de jouer l'imbécile. Après tout, c'est ainsi qu'il me considère depuis des années, non?

— Des dents d'ours, oui, pourquoi pas, dis-je d'un ton faussement dégagé. Ou des dents de dinosaure.

Le sourire légèrement narquois qui avait accompagné sa question s'évanouit. Maître Péladeau redevient sérieux. J'ai peut-être un peu exagéré. S'il sent que je me moque de lui, il ne va plus me lâcher et je sais que, à ce jeu-là, il est plus fort que moi.

— Je ne plaisante pas, Alex. Tu es le seul témoin, même indirect, d'un crime crapuleux. Tout ce que tu auras pu remarquer peut aider la police. Tu ne dois rien nous cacher.

Ce «nous» est de trop. Il signifie que mon père travaille main dans la main avec la police. Qu'il est téléguidé comme un vulgaire indicateur. Un avocat n'est-il pas au contraire censé protéger les citoyens de la police et de ses excès? Tout ce que je n'aime pas de lui depuis des années m'apparaît soudain injuste, démesuré, impardonnable. Je ne peux plus me retenir, j'explose.

— Rien vous cacher! Mais crois-tu que j'aie besoin ou envie de cacher quoi que ce soit? J'ai voulu me porter au secours de quelqu'un qui me semblait avoir besoin d'assistance, je suis tombé sur un cadavre, je me suis mis du sang plein mon T-shirt, des policiers mauvais comme des teignes m'ont fait passer une nuit d'enfer à m'assommer avec les mêmes questions, et tu me demandes ce que j'ai peut-être caché!

Il essaie de m'apaiser d'un geste, mais je continue de plus belle.

— J'essaie de cacher que j'ai eu peur, si tu veux le savoir. J'essaie de cacher mon dégoût. J'essaie de cacher le mépris que j'éprouve pour ces pauvres types qui se mettent à vingt pour courir après un voleur de pommes ou arrêter un étudiant qui a le malheur de crier son indignation devant les dettes qu'on lui impose avant même qu'il ait commencé à vivre, et qui laissent les gangsters en col blanc construire nos ponts et nos routes, puis acheter les élus comme on achète des esclaves… Voilà ce que je cache. Mon écœurement pour ces pantins serviles. Parce que je veux qu'ils me laissent tranquille. Parce que je veux qu'ils me laissent vivre. Parce que je les ai assez vus, ces chiens de garde du pouvoir!

Je me tais enfin, hors d'haleine. Mon père me dévisage, bouche bée. Il a l'air estomaqué. Jamais je ne m'étais laissé aller à ce point devant lui. Jamais je ne m'étais exprimé avec autant de virulence, mais également avec autant de franchise. Ma sincérité, en tout cas, a dû le frapper parce qu'il bat aussitôt en retraite.

— Bien sûr, Alex, articule-t-il lentement, soudain conciliant. Je te comprends. Il est juste à ton âge que tu penses ainsi. Moi-même, à vingt ans…

Lui, à vingt ans? Il devait déjà potasser ses bouquins de droit, compter ses cheveux blancs et penser à la façon dont il allait mener sa carrière pendant les cinquante années à venir. Menteur comme un arracheur de dents? Menteur comme un avocat, oui… Je n'en peux plus de ses faux-semblants, de son hypocrisie, de ses belles manières et de sa bonne conscience.

Mon père semble enfin comprendre qu'il est inutile d'insister. Il se tait et hausse les épaules. Il saisit son verre, le porte à sa bouche, puis il se ravise et le lève dans ma direction avec un sourire constipé.

— Tu en veux un?

Je décline son offre. Je n'ai pas besoin d'alcool mais de solitude et de calme. Besoin de penser, aussi. Parce que la question posée par mon père n'était pas anodine. Elle en a soulevé une autre, qui me tourmente bien davantage.

Je crois qu'Océane ne m'a pas tout dit. Et elle n'est pas la seule…

14

LE LEGS DU CHASSEUR

Il est onze heures du soir et je n'arrive pas à dormir, bien que je me sois réveillé tôt ce matin. Plus le temps passe et plus je me dis qu'Océane est en danger, mais je n'arrive pas à prendre une décision. Téléphoner? Aller chez elle? Il est trop tard à présent.

Tant pis. Je ne peux plus rester à me morfondre ici jusqu'à demain. Il faut que je sorte. Le canal, encore et toujours... Je me demande si un policier en civil est posté dans le coin depuis hier pour voir qui va et vient dans le square, même si le ruban du périmètre de sécurité a été retiré. Je n'y crois guère, cependant: le fait que Raffier et son cochon aient pu s'y promener et ramasser un objet sans être inquiétés ne plaide pas en ce sens.

Je devrais peut-être aller traîner du côté de chez le vieux. Il sort souvent Nanan à une heure tardive et je risque de le croiser. Ça tomberait bien, j'ai deux ou trois questions à lui poser. Je longe donc le canal d'un pas vif, en direction de Saint-Rémi.

En passant devant le square, je ne peux m'empêcher d'y jeter un coup d'œil. À cette heure-ci, un soir de semaine, l'endroit est désert. Sauf que…

Une silhouette sombre attire mon attention. Ses mouvements sont pourtant furtifs. Elle se trouve près de la mare, courbée sur le sol, et se déplace lentement, comme si elle cherchait quelque chose entre les roseaux. Forme féminine, dirait-on. Vêtue de noir. Je m'approche discrètement.

Après quelques pas, je reconnais Océane. Elle porte le même blouson noir que ce matin. Moins voyant que le satin rouge… Très vite, elle m'aperçoit à son tour. Elle ne paraît même pas surprise. Sans attendre, elle se hâte vers moi.

— Filons d'ici, souffle-t-elle sans préambule. Ce n'est pas la peine qu'on nous voie ensemble.

Aussitôt, elle m'entraîne vers la passerelle qui mène de l'autre côté du canal. L'éclairage est faible et il n'y a plus de promeneurs à cette heure-ci. Sans un mot, nous longeons la piste cyclable. Océane, les mains dans les poches, l'air buté, marche d'un pas vif. Je ne sais pas comment rompre le silence.

Subitement, alors que nous approchons de l'écluse, elle s'arrête et me demande à brûle-pourpoint :

— Alex, c'est bien mon couteau qui se trouvait dans le corps de Matteo quand tu l'as découvert ?

— Oui, j'en suis certain, dis-je, un peu surpris par la question. À moins qu'il n'ait un frère jumeau.

Océane secoue la tête.

— Je ne crois pas, non. Enfin, pas vraiment. Et puis, de toute façon, il a bel et bien disparu dans la nuit de samedi à dimanche. Ce n'est pas ça qui me tracasse.

— Tu te demandes pourquoi les journaux n'en ont pas parlé ?

— Exact. Ça me semble invraisemblable que la police n'ait pas divulgué une information pareille. Une telle arme, si facilement identifiable… Retrouver un témoin capable d'en désigner le propriétaire aurait dû être un réflexe pour les enquêteurs.

— Mais tu m'as dit que personne ne connaissait l'existence de ce couteau. À part moi, bien sûr.

— Personne, personne, c'est vite dit, grommelle Océane. Je ne l'ai jamais montré à qui que ce soit, c'est vrai. Une sorte de jalousie, peut-être. Mais avant la mort de mon père, bien des gens l'ont vu, ça ne fait aucun doute. La famille, les amis et collègues du cirque, que sais-je? Matteo, par exemple, l'avait forcément remarqué. Les flics n'ont pas pu laisser passer une occasion pareille de susciter des témoignages.

— Je me suis posé la question, en effet. Mais ce n'est sûrement pas par hasard ou par négligence qu'ils ne l'ont pas fait.

— C'est bien mon avis. Mon couteau est pour eux la seule piste concrète. S'ils n'en ont pas parlé, c'est qu'ils préparent quelque chose.

— Ils sont venus chez toi?

— Non. Et ça m'étonne. Je m'attends à les voir surgir devant moi d'un instant à l'autre. Ils ne me font pas peur, là n'est pas le problème. Je sais me défendre. Ce qui m'angoisse, c'est l'incertitude, c'est cette zone d'ombre qui me noie dans laquelle je ne vois rien venir. Je ne sais pas d'où viendra le coup qui va m'atteindre.

Océane me fait presque peur. Je me demande comment elle peut se croire capable de résister à des policiers venant l'arrêter, comment elle peut croire qu'il suffit de bonne volonté pour échapper à la machine judiciaire une fois qu'elle s'est mise en route.

Mais je ne vois pas de quelle manière je pourrais l'aider, si tant est qu'elle veuille de mon aide.

— Tu parlais des gens du cirque, dis-je au bout d'un moment. Seul quelqu'un qui a bien connu ton père, et qui te connaît également, peut faire le lien entre le couteau et toi. Jusque-là, ça va. Mais comment cette personne aurait-elle pu savoir que c'est ce couteau qui a servi à tuer puisque l'information n'est pas publique ?

— J'y ai réfléchi. J'ai pensé que c'était l'assassin lui-même qui avait informé la police, de façon anonyme, afin de me faire porter le chapeau. J'ai cru que ça faisait partie de son plan. Mais ce n'est pas le cas puisque la police ne s'est pas présentée chez moi. Et puis ça ne semble pas si habile que ça. Ce genre de dénonciation signifie qu'un individu en sait plus long sur une affaire qu'il ne le devrait, et tôt ou tard ça lui retombe dessus. Je n'aime pas les flics, ce n'est pas un secret, mais ils ne sont pas idiots. Pas ceux qui s'occupent du criminel, en tout cas. Ceux-là sont rusés et opiniâtres. Ils ne lâchent pas facilement leur proie.

— Que peuvent-ils avoir découvert à propos du couteau, alors ?

Océane ne répond pas tout de suite. Je repense à son attitude, tout à l'heure, dans le square. Que cherchait-elle au pied des roseaux ? Se pourrait-il que ce soit ce même objet que Raffier a ramassé dimanche soir ? Et cet objet, quel qu'il soit, le vieil homme l'a-t-il découvert par hasard ou bien est-il venu le chercher expressément ? Un homme de cirque, lui aussi...

Je me rends compte avec tristesse que tout le monde me ment. Mon père, Raffier. Jusqu'à Océane. Même si ce n'est que par omission. Comme si je n'étais qu'un détail insignifiant dans leur vie, comme si je n'y tenais qu'un rôle de figurant...

Je veux bien qu'Océane se protège par son mutisme, mais, ce faisant, elle s'enfonce elle-même dans cette ombre qu'elle évoquait plus tôt. Pourquoi se méfie-t-elle ainsi de moi alors que je suis prêt à tout pour l'aider ? Elle n'aime pas se sentir débitrice, c'est évident. Mon tort est sans doute d'attendre qu'elle demande. C'est à moi de faire le premier pas. Bon, d'accord.

— Tout à l'heure, quand j'ai fait allusion à la possible existence d'un deuxième exemplaire identique de ton couteau, tu m'as dit que non, qu'il n'y en avait pas, puis j'ai eu l'impression que tu faisais machine arrière.

Océane pousse un long soupir avant de se lancer.

— Il n'existe à ma connaissance aucun couteau semblable, Alex. Cependant, ce qui en fait la spécificité, c'est-à-dire la dent d'ours polaire sertie au bout du manche, n'est pas unique. C'est mon père lui-même qui m'a raconté l'histoire.

Elle se tait un instant, comme si elle rassemblait ses souvenirs, puis elle poursuit :

— C'est un chasseur inuit qui a offert ce couteau à mon père, je te l'ai déjà dit. Mais ce n'était pas le seul cadeau. Il lui a aussi donné une seconde dent d'ours. Une autre canine, identique. « Si tu perds la première, a-t-il expliqué, tu pourras la remplacer par celle-ci. Sinon, le couteau n'aura plus de valeur. » Pour Frank, cependant, ce magnifique objet était un souvenir purement sentimental qu'il conservait précieusement, et non une arme ou un outil qu'il avait l'intention d'utiliser. La dent d'ours fixée au manche n'avait donc aucune raison de s'en détacher.

— Il lui a donc rendu la deuxième ?

— On ne rend pas un cadeau, Alex, c'est insultant. Frank l'a prise, bien sûr, mais il l'a fait monter sur un bijou, un pendentif qu'il a offert à ma mère. Elle l'adorait et elle le portait toujours. Non pas comme une parure, car elle avait horreur de ça, mais sous ses vêtements, à même la peau, comme un talisman. Elle ne s'en séparait jamais. Les gens du cirque sont souvent superstitieux.

Océane se tait, songeuse. Je ne suis pas certain de comprendre son raisonnement, s'il y en a un. Si sa mère portait sa dent d'ours en permanence sous ses vêtements, qui pouvait en connaître l'existence, à part Frank et leurs enfants ? Le bijou porte-bonheur aurait donc été perdu – ou volé – et c'est sa réapparition récente que craindrait Océane ?

Je repense tout à coup à son comportement un peu plus tôt, dans le square. Selon toute évidence, elle ne se promenait pas pour prendre l'air. Le nez au sol, elle cherchait quelque chose. Un objet de petite taille, compromettant, qui aurait pu échapper aux policiers parce qu'il se trouvait trop loin du cadavre. Un objet qu'elle n'a pas trouvé, d'ailleurs… parce que monsieur Raffier l'a découvert avant elle !

Je l'interroge brusquement :

— C'est ça que tu cherchais dans l'herbe, tout à l'heure ?

Océane se raidit, puis elle bredouille :

— Je… je ne cherchais rien de précis. Disons que j'espérais trouver quelque chose qui aurait eu une signification pour moi, et

qui aurait peut-être été négligé par les policiers. Je connaissais Matteo, ce qui n'est pas
leur cas. J'ai cet avantage sur eux.

Dois-je lui dire ce que j'ai vu dimanche ?
Oui, bien sûr. Je ne suis pas un manipulateur,
je n'ai rien à lui cacher de ce qui la concerne.
Tout en pesant bien mes mots, je me mets
donc en devoir de lui raconter l'anecdote de
la veille, en lui précisant bien que je n'ai pas
pu distinguer l'objet ramassé par l'homme
au cochon et qu'on ne peut donc rien en
déduire avec certitude.

— Le vieux chien ! s'exclame Océane avec
dégoût. Je me doutais bien qu'il manigançait
quelque chose. Toujours à fouiner, toujours
à poser des questions. Je me suis toujours
méfiée de ce type, même s'il s'entend bien
avec ma grand-mère. Nostalgie de l'époque
du cirque, je suppose. Ce qui est certain, c'est
qu'il connaît bien l'appartement. De là à
penser que c'est lui qui…

— Attends un peu, dis-je en essayant de
la calmer. Nous ne savons pas si sa trouvaille
à un rapport avec le meurtre d'Arlindo, et
pour ma part, je suis certain d'une chose :
quand je suis parti de chez toi, samedi soir,
je l'ai aperçu, avec son cochon, dans le bout
de la rue Saint-Rémi. Il est impossible qu'il
ait eu le temps de me devancer et d'arriver

au parc, d'assassiner Matteo et de s'enfuir presque sous mes yeux. Et son cochon n'est pas un cheval au galop.

— D'accord, ce n'est peut-être pas lui qui a poignardé Matteo, mais il a pu avoir un complice. Lui s'est chargé de lui fournir le couteau et le blouson, et il a laissé l'autre opérer pendant qu'il faisait plus ou moins le guet dans le voisinage. Le lendemain, il est allé vérifier qu'il ne restait aucune trace compromettante sur le lieu du crime. Et il a eu raison, semble-t-il. Sans parler de mon blouson. Tu as reconnu une silhouette féminine, n'est-ce pas ? Si sa femme n'était pas impotente...

Océane ne poursuit pas sa phrase. C'est inutile. Je revois Charlotte Raffier, hier après-midi, traversant sa cour en trottinant. Ni impotente ni même boiteuse. Quel jeu jouent-ils, ces deux vieux vicieux ?

Charlotte Raffier est une femme plutôt maigre. Sa corpulence est sensiblement la même que celle d'Océane. Admettons... Cependant, il est difficile d'admettre que, même si elle n'est pas plus paralysée que moi, elle soit capable de courir aussi vite que la silhouette que j'ai vue s'enfuir dans la rue Saint-Ambroise samedi soir.

J'ignore quel est le rôle joué par les Raffier dans cette histoire, mais je n'arrive pas à croire que ce soit le rôle principal. Ils ne sont que des comparses, des ombres qui dissimulent le véritable tueur, qui l'assistent, qui le protègent. Ils ont pu fournir le couteau, mais ils ne l'ont pas planté eux-mêmes dans le ventre de Matteo Arlindo.

Les policiers ont compris quelque chose que nous ignorons à propos du meurtre. Mais il leur manque manifestement un élément essentiel qui les mettrait sur la piste d'Océane.

Une dent d'ours? Celle du talisman…

Mais qui l'a trouvée, cette dent? Où, quand et comment? Et où est-elle passée à présent?

15

LA DAME DU LAC...

Je suis finalement rentré chez moi sans avoir la réponse à ces questions. J'ai quitté Océane peu après minuit, du côté de l'écluse. Elle semblait agitée de sentiments contradictoires, tantôt laissant sa colère exploser à propos des Raffier, tantôt cédant à la tristesse quand il était question de sa mère.

Nous étions épuisés tous les deux, et incapables de raisonner. Elle m'a finalement embrassé. Je me suis senti remué jusqu'au tréfonds de mon être. Elle est tellement belle ! Essayant de ne pas bégayer, je lui ai proposé de la raccompagner chez elle mais elle a refusé – non sans une certaine douceur qui ne lui est pas habituelle. Nous nous sommes séparés. J'avais le cœur serré.

Quelques minutes plus tard, me voilà rendu chez moi. Je referme sans bruit la porte d'entrée de l'appartement. Avant de rejoindre ma chambre, je demeure de longues minutes debout dans l'ombre, immobile près du comptoir de la cuisine, à regarder sans la voir la surface calme et noire du canal. Puis je me dirige vers le couloir, sans allumer.

En passant près de la chambre de mes parents, je m'aperçois qu'il y a encore de la lumière et j'entends de vagues murmures à l'intérieur. Je ne peux pas résister au désir de coller mon oreille à la porte, mais je n'arrive pas à distinguer suffisamment leur conversation, mis à part que mon nom y revient souvent. Se seraient-ils rendu compte que je suis sorti tout à l'heure? Se feraient-ils du souci pour moi? Tout arrive…

Je m'allonge tout habillé, en proie à cette multitude de questions sans réponses qui m'empêche de dormir. Vers deux heures du matin, exaspéré, je me relève et allume mon ordi.

Avec frénésie, je me mets à taper sur l'écran «dents d'ours», «meurtre», «crime», «couteau», «pendentif»… J'essaie de varier les combinaisons, j'ajoute «Raffier», «cirque», «Bourgault», que sais-je encore?

Et j'erre ainsi de site en site, je parcours des blogues, des articles de journaux, je découvre tout un lot d'anecdotes bizarres, d'histoires invraisemblables, de nouvelles étranges de tous les coins du monde… Jusqu'à ce que, les yeux rougis et les paupières lourdes, je tombe enfin sur ce que je cherchais sans doute inconsciemment et de façon bien malhabile. Une série d'articles de presse datant de la semaine dernière.

Je saisis brusquement pourquoi la police a passé sous silence la description de l'arme qui a tué Matteo Arlindo. Dire que, si je lisais régulièrement les faits divers, j'aurais compris depuis le début! Il est vrai qu'il est difficile de trouver quelque chose de précis quand on ne sait pas ce qu'on cherche.

L'affaire a eu lieu à une centaine de kilomètres de Montréal, vers le nord, tout près du village de Saint-Jean-de-Matha. Des pêcheurs ont découvert, près de la rive nord du petit lac aux eaux particulièrement stagnantes qui jouxte cette commune – dans une zone assez difficile d'accès et très rarement fréquentée –, un squelette humain à demi envasé et qui paraissait avoir séjourné dans l'eau depuis des années.

Ces restes étaient inidentifiables, le corps ayant été entièrement décomposé à l'exception des os. Selon les agents de la Sûreté du Québec, qui ont été appelés aussitôt, la dépouille serait celle d'une femme d'environ trente ans et la mort remonterait à une dizaine d'années environ. Les rares lambeaux de vêtements encore attachés au cadavre étaient trop abîmés par leur long séjour dans l'eau pour révéler quoi que ce soit sur son identité.

En revanche, les débris d'une corde ayant peut-être servi à attacher le corps suggèrent fortement l'origine criminelle du décès: la victime aurait été abandonnée dans les eaux du lac, lestée d'un tronçon de poutrelle métallique retrouvé lui aussi près du corps.

Seul indice, un pendentif en ivoire, accroché autour du cou par un lacet de cuir à demi décomposé, et portant incrusté en son centre une dent de belle taille, identifiée plus tard comme étant une canine d'ours polaire…

J'éprouve un profond malaise à la lecture de cet article. Un mélange de dégoût et de honte. Natasha… Car je n'ai aucun doute quant à l'identification du cadavre! Natasha dont je présumais le retour après des années d'absence, Natasha que j'imaginais rôdant aux abords du canal de Lachine, tentant d'apercevoir ses enfants, cherchant à tuer Matteo Arlindo peut-être… Et voilà que Natasha, après plus de huit longues années d'absence, reparaît enfin. Sous la forme d'un cadavre dévoré par les poissons…

Océane l'ignore, c'est certain. Elle ne lit pas plus la presse quotidienne que moi. Mais les policiers, eux, ont fait le lien immédiatement. Les dents d'ours ne fleurissent pas sur les cadavres à chaque coin de rue. Ils doivent être en train de comparer les deux affaires de meurtre, de faire des recoupements, des analyses plus poussées. Voilà pourquoi ils n'ont pas parlé du couteau. Ils ne veulent pas que les journalistes sabotent leur enquête en révélant des détails qui mettront l'assassin sur ses gardes.

Cependant, si les journalistes ne savent rien – pour l'instant –, les enquêteurs ne sont pas les seuls à avoir compris que les deux crimes sont liés. Et les étranges questions de mon père prennent maintenant tout leur sens pour moi.

Lui, il est au courant pour le cadavre du lac de Saint-Jean-de-Matha. Et il connaît les caractéristiques du couteau d'Océane. Lorsqu'il s'est occupé de me faire sortir du poste de police, dans la nuit de samedi à dimanche, il s'est fait exposer tous les éléments de mon aventure malheureuse. Il en sait donc presque autant que la police sur l'affaire.

En m'interrogeant, il cherchait à vérifier si je n'avais pas omis une précision ou si je n'avais rien caché aux enquêteurs. Il voulait être certain que la dent d'ours était vraiment un détail qui ne me disait rien. Je pense avoir joué la comédie avec assez de conviction pour qu'il m'ait cru.

Apparemment, ni lui ni la police n'en savent plus long. Le lien avec Océane et sa famille n'a pas encore été fait. Normal. Lorsque Natasha a quitté sa famille, elle a laissé une lettre annonçant son départ et sa disparition n'a donc pas été signalée aux autorités. Par conséquent, celles-ci ne peuvent pas faire de rapprochement entre le cadavre du lac et une trapéziste évanouie dans la nature. Nous sommes, en principe, libres de nos mouvements...

J'en conclus que l'enquête piétine et qu'Océane n'a rien à craindre de ce côté-là, du moins pour l'instant. En revanche, l'assassin court toujours, et il a maintenant trois victimes sur la conscience. Car je suis persuadé que les trois meurtres sont l'œuvre d'une seule et même personne. Mais qui donc a bien pu poursuivre avec un tel acharnement les parents d'Océane et l'ancien partenaire de Frank ?

La date de la mort de Natasha ne peut guère être connue avec précision. Le cadavre est beaucoup trop ancien. Il n'est donc pas possible de savoir si elle a été assassinée aussitôt après avoir annoncé son départ ou si le meurtrier a d'abord frappé Frank avant de poursuivre sa femme.

Et puis, pourquoi avoir attendu huit ans avant de liquider Matteo? Celui-ci avait-il deviné le danger qui le menaçait et avait-il pris le large avant que l'autre ne le retrouve? Huit ans plus tard, ayant baissé sa garde, ivrogne et bavard, fatigué, défait, Matteo avait cessé de se cacher et il avait enfin rencontré son destin.

Je ne vois qu'un homme capable de rassembler et de relier ensemble les ficelles de cet écheveau complexe. Cet homme, en apparence anodin, dissimule quelque chose. Il est partout, il voit tout, il entend tout. Il fait disparaître des pièces à conviction, il espionne, il questionne.

Mais comment le confondre? Je n'ai aucun des pouvoirs de la police et je ne peux pas le forcer à me dire ce qu'il sait. Si au moins Max n'était pas aussi mal disposé envers moi, il pourrait m'aider. Il connaît mieux ses parents et leurs relations qu'Océane puisqu'il avait douze ans à l'époque de leur disparition. À cet âge, il avait sans doute assez de perspicacité pour deviner certaines choses qui avaient échappé à sa petite sœur.

Il est trop tard de toute façon. Trois heures du matin! Je suis vidé. Je vais essayer de dormir un peu. J'ai beaucoup de choses à raconter à Océane. Et elle aussi sans doute.

Je retourne sur mon lit, la tête pleine de cadavres pourrissant dans l'eau noire, de mâchoires d'ours broyant des familles et de vengeurs insaisissables franchissant les années. Parmi ce déluge d'images sanglantes, je ne parviens même plus à évoquer celle du visage d'Océane.

Comme si, à son tour, elle était en train de disparaître…

16

L'HOMME DE L'OMBRE

Je suis arrivé en retard à l'école, et il m'a fallu attendre midi pour revoir Océane. Lorsqu'elle m'a aperçu, elle a tout de suite compris que quelque chose n'allait pas. Sachant que la salle du journal était inoccupée le mardi, je lui ai demandé :

— Tu as toujours la clé ?

Elle n'a pas eu besoin d'explications. Elle a acquiescé d'un hochement de tête et nous sommes descendus au sous-sol. Une fois dans la pièce déserte, je lui ai montré les articles de journaux que j'avais imprimés dans la nuit. Elle les a lus avec nervosité, puis elle a blêmi.

J'ai pensé qu'elle allait s'effondrer en larmes et j'ai esquissé le geste de la prendre dans mes bras, mais elle m'a repoussé. Son visage était dur. Elle a murmuré d'une voix presque méconnaissable :

— Même si je n'ai jamais voulu l'admettre, j'ai toujours su au fond de moi que ma mère n'était pas partie. Elle nous aimait trop. Elle ne nous aurait pas abandonnés. Max le soutenait lui aussi, et je savais obscurément qu'un jour, nous la retrouverions. En fait, je refusais de voir la vérité. Max, lui, la croyait morte et il me disait que je rêvais. Je me suis souvent disputée avec lui à ce propos, ça me rendait trop malheureuse. Il s'en est aperçu, et il a cessé de m'en parler.

— J'aurais aimé t'apporter une autre nouvelle…

— Tu n'y es pour rien, Alex. Au contraire, je te remercie pour ton aide. Je devrais d'ailleurs me montrer plus reconnaissante envers toi, mais j'ai hérité du tempérament de ma mère…

En disant ces mots, Océane sourit tristement.

— C'était une très belle femme, reprend-elle. Aimante et passionnée. Farouche, aussi. Sauvage, méfiante. Et exigeante. Seul mon père trouvait grâce à ses yeux. Ma grand-mère me racontait parfois. D'autres hommes la courtisaient, bien sûr, et pas toujours de manière très discrète, mais elle les ignorait ou, s'ils insistaient trop lourdement, elle les traitait comme des chiens galeux.

J'essaie d'imaginer cette femme, habituée aux projecteurs, aux applaudissements, aux sourires béats des admirateurs, mais en même temps inaccessible. Une femme fatale, dans tous les sens du terme… Combien d'hommes frustrés, bafoués, l'ont détestée après l'avoir idolâtrée ? Combien d'hommes ont ruminé leur rancune dans l'ombre jusqu'à ce que la haine les pousse à l'acte ?

C'est sans doute ce qu'Océane essaie de me dire. Et la conclusion est désespérante. D'une absence de suspects, on passe à la profusion. Car lequel d'entre eux a tué Natasha ? Le trapéziste, le funambule, le dompteur, l'hercule, le clown, le cracheur de feu, l'avaleur de sabres ?…

Natasha d'abord, puis Frank, qu'il fallait neutraliser avant qu'il ne se venge – un lanceur de couteaux n'est pas un homme qu'on laisse dans son dos quand on s'en est pris à sa femme… Quant à Matteo, honteux peut-être de ne pas avoir su défendre ses protégés, il a disparu et a sombré dans la déchéance. Et peut-être y serait-il resté, mourant à petit feu dans l'alcool et la misère, si les pêcheurs de Saint-Jean-de-Matha n'avaient découvert le corps de la belle circassienne.

Que s'est-il passé alors ? Sans cadavre, il n'y a pas meurtre. L'assassin était donc assuré d'une certaine impunité, ce qui a été le cas pendant les huit années qui ont suivi. Mais là, tout à coup, la police entrait dans le jeu. Il y avait eu crime, et Matteo soupçonnait probablement quelque chose. Il fallait supprimer ce témoin gênant. Et, pour demeurer à jamais dans l'ombre, faire accuser quelqu'un d'autre en lieu et place. Océane…

Sans doute les pensées d'Océane ont-elles suivi le même cheminement que les miennes. Ses yeux ont retrouvé cette dureté qui m'effraie parfois. J'ose tout de même lui demander :

— As-tu revu des gens du cirque, après la mort de ton père ?

— Très peu. Les anciens, parfois, surtout au début, venaient voir ma grand-mère. Mais Laura ne tenait pas à ce que nous côtoyions ce milieu. Elle n'a jamais voulu que nous entrions sous le chapiteau. Un monde trop dur, nous disait-elle. Max a bien essayé à une époque, mais il est heureusement trop paresseux. En fait, c'est ma grand-mère qui s'est retirée et a découragé les visites. Celles-ci ont vite cessé.

— Et Raffier ?

J'ai hésité un peu avant de poser la question, qui sonne presque comme une accusation. Mais on ne m'enlèvera pas de l'idée que Raffier sait bien des choses sur les malheurs qui se sont abattus sur la famille d'Océane.

— Raffier, il est toujours resté en contact avec nous. Avec Laura, disons. Moi, je ne l'aime pas, tu le sais. Et Max non plus. Je le trouve malsain, ce type. Peut-être ses yeux. Ou son cochon...

Océane esquisse un sourire mauvais.

— Quand il était petit, Max disait qu'il avait le mauvais œil. Et je le croyais. Je l'ai toujours connu se mêlant des affaires des autres, tout en ne révélant rien de lui-même. Toujours aux aguets, toujours là où on n'a pas envie de le voir. C'est un manipulateur, un faiseur d'embrouilles. Un envieux, peut-être. Il a toujours vécu dans l'ombre des autres...

Évidemment, Raffier est le suspect idéal. Il avait ses entrées chez Laura qui, semble-t-il, l'appréciait, en dépit de la méfiance de Max et d'Océane. Mais la vieille dame est sans doute naïve et, même si elle a voulu éviter le cirque à ses petits-enfants, elle doit tout de même éprouver une certaine nostalgie pour ce qui a été sa jeunesse. Raffier en a profité.

De là à dire que c'est lui qui a organisé toute l'affaire, il y a loin. Peut-être le tueur l'a-t-il obligé à lui procurer le couteau et le blouson, par quelque moyen que ce soit, chantage, menaces, que sais-je ? « Il a toujours vécu dans l'ombre des autres », a dit Océane. Il a pu développer une jalousie maladive, une haine aveugle envers ceux qui ont connu le succès – même si ce succès n'est plus qu'un lointain souvenir.

Je me rappelle ce qu'il avait dit au journaliste qui l'interrogeait, lors de cette entrevue dont j'ai lu la transcription dimanche après-midi sur Internet. Il évoquait des choses « atroces » auxquelles il aurait assisté durant sa vie dans le cirque. Et puis cette manière dont il m'a congédié, peu de temps après, alors que je lui posais des questions sur Matteo Arlindo.

Il faudrait le faire parler. Mais comment ? Ni Océane ni moi n'avons les moyens de l'y obliger. En parler à Max, qui pourrait peut-être lui faire peur ? L'idée me répugne. C'est une méthode digne des corps policiers les plus infâmes qui se sont tristement illustrés dans l'histoire. Et puis, jusqu'à ce que sa culpabilité, même partielle, soit démontrée au-delà de tout doute, le vieil homme est innocent. On ne peut tout de même pas le torturer…

— Alex, dit soudain Océane, interrompant mes ruminations. Je ne vois qu'un moyen de tirer les vers du nez au vieux. Il ne se méfie pas de toi. À vrai dire – et je ne cherche aucunement à te vexer –, je crois même que, pour lui, tu n'es qu'un intéressant spécimen des nouveaux habitants du quartier. Il t'aime bien, ou tu l'amuses, je ne sais pas au juste, mais tu n'appartiens pas à son univers, tu n'es qu'un *outsider* et il sera moins sur ses gardes. Toi seul peux en tirer quelque chose.

— Mais comment?

Océane a beau dire qu'elle ne cherche pas à me vexer, je trouve sa proposition un peu désobligeante. Et je ne suis pas si sûr que Raffier me considère comme un «spécimen» de la nouvelle faune de Saint-Henri. Cependant, elle n'a pas tort. Ni elle ni Max ne pourront lui soutirer la moindre information.

— Fais l'imbécile avec lui, poursuit Océane. Joue au jeune bourgeois qui vient regarder le peuple comme un animal curieux. Il ne t'avouera rien de compromettant, bien entendu, mais ce sera à toi de déceler dans son discours ce qui pourrait confirmer nos soupçons.

Je sens mes épaules s'affaisser – si tant est qu'elles le peuvent encore: je n'ai pas le gabarit d'un boxeur, je l'ai déjà dit. Ce n'est pas de jouer un rôle qui me gêne, surtout s'il s'agit de tirer Océane d'un mauvais pas. C'est l'idée que, en dépit de ce que je suis, en dépit de ce que je *voudrais* être (car nous sommes libres, n'est-ce pas?), je n'existe finalement que par le regard des autres.

J'ai l'impression que ce sont ceux-là mêmes qui se plaignent des inégalités sociales qui tiennent le plus à en conserver le schéma. Ils n'acceptent pas de voir qu'on brise les barrières. C'est décourageant.

Ça me rappelle l'aventure de ces jeunes révolutionnaires russes de la fin du XIXe siècle, les *narodniki*, qui allaient vers les pauvres, les paysans crevant de misère, pour les inciter à se révolter contre le tsar et contre leurs propriétaires. Non seulement les moujiks n'écoutaient pas ceux qui venaient pour les libérer, mais ils les chassaient à coups de pierres et les dénonçaient aux autorités. Et je me demandais, en lisant leur histoire, pourquoi les pauvres tenaient autant à rester pauvres.

Je n'ai jamais trouvé la réponse. Mais, toutes proportions gardées, c'est ce qui se passe ici également. Les pauvres, comme les autres, reconduisent au pouvoir, élections après élections, ces mêmes politiciens qui les volent, les appauvrissent et les mènent au chômage. Je m'interroge encore sur cette tendance obstinée des petits à agir contre leurs propres intérêts.

Quoi qu'il en soit, Océane a sans doute raison. Ce que Raffier voit en moi, c'est un extraterrestre, un être étrange dont il peut certes tirer un petit profit (rédiger ses lettres de réclamation, par exemple), mais avec lequel ne saurait exister aucune communication réelle. Il n'y a pas pire ennemi des anarchistes que les esclaves auxquels ils parlent de liberté.

Océane me regarde. Ne voit-elle en moi, elle aussi – tout comme son frère –, qu'un ennemi de classe irréductible? Sans doute perçoit-elle mon désarroi car elle reprend:

— Ne crois pas que je cherche à t'utiliser ou à profiter de toi. Tu es important pour moi. Tu n'agis pas par intérêt et pour ça je t'apprécie énormément. Je te considère comme… un ami. Et je voudrais que tu me considères comme telle.

Le mot «ami» a une curieuse résonance dans sa bouche. Mais ce n'est ni le lieu ni le moment pour disserter là-dessus. J'aime cette fille, je ferais n'importe quoi pour elle.

— C'est bon, Océane. J'irai rôder du côté de chez le vieux dès ce soir.

Océane ne me saute pas au cou. Ce n'est pas une démonstrative. Mais elle me prend dans ses bras, doucement, et, la tête à la hauteur de ma poitrine, elle murmure simplement:

— Merci. Merci, Alex.

17

LA FEMME DANS LE NOIR

L'après-midi a été longue. J'ai suivi les cours d'une oreille distraite, bien loin des équations, des conflits du xxᵉ siècle ou des propriétés chimiques des gaz. Une seule idée m'obsédait: comment allais-je aborder le vieux Raffier?

Parler directement du crime? Inutile. Je ne suis pas censé en savoir plus long que ce qu'en ont dit les journaux – c'est-à-dire presque rien – et je tournerai en rond. Évoquer de nouveau le cirque et les lanceurs de couteaux? Il me racontera encore les mêmes vieilles histoires en évitant justement celle qui m'intéresse. Le mieux serait de le brancher sur le cadavre du lac de Saint-Jean-de-Matha, mais sous quel prétexte?

Après les cours, je rentre chez moi. Je commence par jeter un coup d'œil aux nouvelles, mais l'affaire Arlindo ne fait déjà plus la une. Celle de la «dame du lac» non plus. Quelques brefs articles dans la rubrique des faits divers indiquent que l'enquête piétine. L'intérêt des journalistes est déjà émoussé et l'équipe des Canadiens, en train de se faire lessiver dans les séries éliminatoires, fait l'objet de toute l'attention dont le public est capable. Du pain et des jeux. Ça n'a pas beaucoup changé depuis l'Antiquité...

Vers dix heures, je ne tiens plus en place et, ayant avalé un sandwich, je ressors. C'est habituellement vers cette heure-ci que monsieur Raffier promène Nanan près du canal. Je me mets donc en route vers l'écluse. Je ne sais toujours pas comment je vais entamer la conversation.

Le ciel est nuageux et il fait sombre. Un vent un peu frais s'est levé. Peu de promeneurs. Arrivé à l'intersection de la piste du canal avec le chemin qui conduit à la rue Saint-Rémi, je m'assois sur un des bancs qui font face à l'eau noire.

Le temps passe. Rien. Peut-être Raffier a-t-il eu peur que son cochon s'enrhume...

À onze heures, il fait nuit noire et je décide de rentrer, découragé. J'essaierai de nouveau demain. Tout à coup, au moment où je me lève, j'entends un grognement caractéristique. Nanan! Ça vient de là-bas, du côté de la vieille usine de Canada Malting.

Sans trop réfléchir, je me dis que si je m'avance discrètement le long de la palissade qui entoure l'usine en ruine, je surprendrai mon homme au dernier moment – et je feindrai d'être étonné moi aussi. Peut-être se montrera-t-il ainsi plus loquace.

Mais, à l'instant où j'allais me montrer sur la piste cyclable, je m'immobilise brusquement. Une voix féminine. Raffier n'est pas seul! Je me jette dans un massif épais et touffu qui me dissimulera totalement à la vue des deux promeneurs nocturnes.

Le problème, c'est que moi-même, depuis cette position, je ne peux plus distinguer grand-chose. Tout au plus, alors que je suis accroupi parmi la végétation, entrevois-je par intermittence deux silhouettes qui s'avancent sur le chemin. Trois, en fait, puisque j'aperçois également le dos du cochon qui tire sur sa laisse.

Je reconnais facilement l'allure de monsieur Raffier, je l'ai assez souvent vu se promener par ici. Mais la femme, qui est-elle? Il fait trop sombre pour que je puisse reconnaître son visage. Je ne peux pas en dire grand-chose, sinon qu'elle est de stature moyenne, plutôt fine, et vêtue de noir. De là où je suis, je pourrais presque croire qu'il s'agit d'Océane…

Elle murmure quelque chose mais, avec le vent, je ne réussis pas à distinguer ses paroles. En revanche, la voix de Raffier, plus forte, plus assurée, ne permet aucun doute :

— Je t'assure qu'il n'a rien vu, je te le répète. Et même si c'était le cas, je pense qu'il ne dirait rien. C'est un garçon sympathique. Je crois qu'il aime vraiment la petite.

Je ne comprends pas ce que lui répond la femme, sa voix est trop faible, mais elle me paraît dominée par la peur ou, à tout le moins, par l'inquiétude.

Il me semble toutefois distinguer le mot « mouchoir », ainsi qu'un vague « merci ». Puis ils s'éloignent et leurs voix se perdent dans l'obscurité. Quelques couinements de Nanan sont les derniers bruits qui me parviennent, et je reste seul dans l'ombre, n'entendant plus que les faibles clapotements de l'eau du canal provenant du déversoir.

J'attends dix bonnes minutes avant de sortir de ma cachette, tellement j'hésite sur la conduite à suivre. Lorsque je me décide enfin, la piste cyclable est absolument déserte. Tenter de rattraper l'homme au cochon et sa compagne ? C'est trop tard à présent. Lui doit déjà être arrivé chez lui, et elle, elle s'est perdue dans la nuit.

Je ne suis sûr que d'une chose : cette femme n'est pas Charlotte Raffier. Cette dernière, pour le peu que j'en ai vu, a une démarche un peu bizarre, un peu sautillante, déhanchée. L'inconnue, au contraire, semblait glisser sur l'asphalte de la piste avec l'aisance d'une danseuse. Jeune? Plutôt, oui, à mon avis.

J'essaie de me rappeler la silhouette que j'ai vue s'enfuir samedi soir, revêtue du blouson d'Océane. Oui, ce pourrait être la même. Qui d'autre? La meurtrière. Accompagnée par son complice…

«Je t'assure qu'il n'a rien vu», a dit Raffier. Il parlait de moi, bien évidemment. Quant à «la petite», il ne peut s'agir que d'Océane.

Mais à qui pouvait-il désigner Océane comme «la petite»? Je n'ai ressenti nul mépris dans la voix de Raffier, nulle agressivité. Au contraire, on aurait dit qu'une certaine bienveillance adoucissait ses paroles. Comme si tous ces gens, ces anciens du cirque – y compris Océane –, appartenaient à une même famille dont je serais à jamais exclu.

Alors me vient cette idée saugrenue. Cette femme inconnue, si familière avec Raffier, cette femme à qui le vieux parle d'Océane comme si elle était sa fille… Serait-il possible qu'il s'agisse de Natasha?

Natasha qui ne serait pas morte, Natasha enfin sortie de l'ombre après huit années d'errance. Natasha qui, peut-être, a fait croire à sa mort en accrochant son pendentif au coup d'une autre femme – une rivale, ou que sais-je? Tous les non-dits, tous ces silences qui imprègnent l'énigme depuis le début prendraient ainsi leur sens: une affaire de famille.

Brusquement, je me sens rejeté dans un autre monde, projeté hors d'un espace qui ne m'appartient pas et auquel je ne peux pas appartenir. J'en ressens une profonde amertume, de la tristesse même. J'ai le sentiment qu'Océane demeurera toujours de l'autre côté d'une barrière infranchissable, que nous pourrons nous parler, mais rien de plus.

«Je te considère comme… un ami, m'a-t-elle dit plus tôt dans la journée. Et je voudrais que tu me considères comme telle.» Le message était clair. Océane et moi, ça ne dépassera jamais le stade d'une gentille amitié. Boire un verre, discuter, refaire le monde, comme deux imbéciles…

La honte me submerge, tout à coup. Depuis des mois je m'agite auprès d'elle comme un enfant avide de tendresse, je quémande son amour, je voudrais l'éblouir, être son héros, mais je ne suis qu'un pantin.

Un fils de riches bourgeois bien pratique pour débrouiller certains problèmes, avec qui cependant aucune intimité n'est possible.

Ce qui me fait enrager, c'est que ce sont mes parents qui, en fin de compte, ont raison. «Chacun dans son monde.» C'est dérisoire, pourtant. On feint d'être choqué par le système des castes tel qu'il se pratique encore aujourd'hui en Inde, mais on refuse de voir que c'est la même chose dans le reste du monde. En Amérique du Nord aussi, les parias, les intouchables, même s'ils ne portent pas ce nom, n'ont pas le droit de se mélanger aux autres.

Je me sens complètement découragé. Océane a peut-être raison. Cette histoire, c'est la sienne. Ces problèmes, ce sont les siens. Et je n'ai pas à mettre mon nez dedans. Chacun chez soi…

Le moral à plat, les épaules voûtées, je repars vers chez moi à pas lents. Je n'ai plus rien à faire par ici. Finalement, je ne crois même pas qu'Océane soit vraiment menacée. Raffier a assuré à sa complice que je n'avais rien vu et que, au pire, si j'avais vu quelque chose, je ne dirais rien. Il a raison. Je ne dirai rien. D'ailleurs, à qui pourrais-je dire quelque chose ? Pour quelle raison ? Je ne suis plus concerné par cette histoire. Et pourtant, je n'en veux à personne. Sinon à moi-même.

Car malgré tout j'aime Océane, et dire ce que j'ai vu aux enquêteurs ne ferait que lui causer des ennuis. Je repense au seul mot que j'ai pu saisir dans le murmure de cette femme, près du canal. « Mouchoir ». J'ai enfin compris. Compris ce que Raffier a ramassé dimanche soir. Le mouchoir que la meurtrière a laissé tomber non loin de la scène de crime, et que Nanan a retrouvé grâce à son flair. Toute trace a disparu à présent. La police pataugera jusqu'au bout. Et je ne l'aiderai pas.

Pour Océane.

Me voilà presque arrivé. À ma gauche, le square Sir-George-Étienne-Cartier ; à ma droite, la passerelle. Au bout de la rue Léa-Roback, les pelouses bien tenues des grands immeubles du canal. Puis ce loft fastueux et hors de prix dissimulé dans les murs d'une ancienne usine recyclée. L'argent de Westmount qui est descendu jusqu'aux abords du canal et a transformé les taudis en appartements de luxe, inabordables pour la plupart.

Mon monde. Qui repousse sans cesse celui d'Océane…

Je m'arrête un instant, dégoûté. Dégoûté par moi-même, par ma famille, par cet endroit que j'ai voulu apprivoiser et qui maintenant me repousse. Je n'ai plus envie de rentrer. Je me tourne vers la gauche et me dirige vers l'un des bancs qui entourent le square.

La dernière fenêtre de l'immeuble le plus proche s'éteint. Assis sur le banc, la tête entre les mains, j'essaie de faire le point. Mais il n'y a pas de point à faire. Il faudrait sans doute que je cesse de rêver, que je renonce à vouloir changer les choses qui répugnent à changer. J'ai l'impression que les larmes me montent aux yeux.

Allons, les grands garçons ne pleurent pas. Je ferais mieux d'aller me coucher…

Je me relève, pivote sur mes talons. Mais, là-bas, une silhouette furtive attire soudain mon attention. J'interromps mon mouvement. La silhouette s'immobilise, elle aussi. J'éprouve un choc.

Une femme. De taille moyenne, plutôt fine. Vêtue de noir. Elle me regarde.

J'ai l'impression de revivre un cauchemar…

18

LES DENTS DE LA NUIT

Ce n'est qu'au moment où elle se remet en marche que je la reconnais. Océane...

Je demeure debout, les bras ballants, indécis. C'était donc elle, tout à l'heure ? Non, impossible. J'aurais reconnu sa voix. Tout se mélange dans ma tête. Un cortège de femmes en noir et sans visage défile dans mon esprit tandis qu'Océane s'avance vers moi d'un pas vif. Puis tout disparaît. Il ne reste plus qu'elle. Océane. Et j'oublie tout ce que j'ai pu penser tout à l'heure, toute ma méfiance, toutes mes incertitudes. Je suis simplement heureux de la voir.

Le bonheur n'est pourtant pas le sentiment qui se dégage de sa physionomie en ce moment. Alors qu'elle s'approche, je constate son air soucieux. Elle s'arrête à quelques pas de moi. Elle est pâle.

— Tu les as vus ?

La question, en fait, n'en est pas une. Le ton d'Océane est plus exclamatif qu'interrogatif. Je sais de qui elle parle, bien sûr. Enfin, à moitié.

— J'ai vu Raffier et son cochon, dis-je d'une voix morne. Mais j'ignore qui était avec lui.

Océane semble étonnée.

— Tu ne l'as pas reconnue?

Sans me laisser le temps de répondre, elle reprend:

— Bien sûr, tu ne l'as pas vue très souvent.

Il est évident qu'elle ne parle pas de sa mère. Et, brusquement, je comprends enfin.

— Laura, ta grand-mère?

Océane hoche la tête.

— Elle est sortie de la maison il y a une demi-heure, sans faire de bruit. Ce n'est pas dans ses habitudes de courir les rues la nuit. Je m'en suis rendu compte parce que j'étais aux toilettes et pas dans ma chambre, et qu'il y a une fenêtre minuscule qui donne sur la galerie. J'ai entendu un léger bruit et j'ai jeté un coup d'œil. Elle descendait l'escalier extérieur lentement, en essayant de ne pas provoquer de grincements. Il était clair qu'elle ne tenait pas à se faire remarquer. J'ai eu un pressentiment et je l'ai suivie.

— Elle est allée chez Raffier?

— Non, elle s'est dirigée vers le canal, en prenant du côté du centre sportif, après l'écluse. Je me suis demandé ce qu'elle allait fabriquer dans un endroit pareil. J'ai compris quand j'ai aperçu le vieux et son cochon, sur la piste cyclable. Elle est allée droit sur lui et ils ont commencé à discuter. Ils s'étaient donné rendez-vous, c'est certain. Là où ils ne voulaient pas être vus. Je mourais d'envie de m'approcher pour entendre ce qu'ils se disaient, mais je n'ai pas pu. Son cochon a un odorat phénoménal et il m'aurait signalée.

— Ils se voient souvent, comme ça ?

— Parfois, oui. Je crois qu'ils aiment évoquer leur vie d'autrefois, la vie du cirque. Mais jamais la nuit. C'est ce qui m'inquiétait. Je les ai suivis de loin, puis je suis restée un long moment près de l'écluse, pour ne pas me faire repérer. C'est au moment où je suis repartie, croyant que la voie était libre, que je t'ai aperçu. J'ai voulu te rejoindre. Je...

— Tu as pensé que moi, j'avais entendu ce qu'ils s'étaient dit ?

— Oui, c'est ça. Tu sortais des buissons, près des grilles de l'ancienne usine. Tu t'étais donc trouvé tout près d'eux. Je t'ai emboîté le pas.

— De loin...

Océane pousse un soupir, puis elle hausse les épaules.

— Oui, de loin. J'étais bouleversée, je ne savais pas quoi penser. Je crois aussi que j'avais peur.

— Peur de moi ?

— Non, pas de toi, Alex, fait-elle avec un sourire un peu triste. Bien sûr que non. Peur d'apprendre la vérité.

Elle semble sincèrement désemparée. Je ne le suis pas moins. Car la vérité, je l'entrevois, à présent. De plus en plus nettement. Tout concorde. Le blouson, le couteau, la silhouette qui s'éloigne... Le mouchoir perdu et retrouvé près du lieu du crime. Est-ce cette vérité qui fait peur à Océane ? J'imagine que oui...

Laura, je m'en souviens, est à peu près de la même taille qu'Océane. Quel âge peut-elle avoir ? Je me rappelle ce que m'a confié mon amie une fois à propos de sa grand-mère : «elle a un corps magnifique et elle fait montre d'une souplesse impressionnante, bien qu'elle n'ait pas loin de soixante ans».

Une ancienne acrobate de cirque. Écuyère, plus exactement. Oui, bien sûr. Si ça se trouve, elle serait encore capable de me battre à la course. Une vieille dame dans un corps de jeune fille...

Mais une criminelle ? Pourquoi ? Pourquoi avoir tué Matteo Arlindo ? Et, surtout, pourquoi cette mise en scène avec le couteau et le blouson, mettant sa propre petite-fille en

cause ? C'est là que le bât blesse. Une vengeance familiale liée à la découverte du
cadavre de Natasha dans un lac – Matteo
étant l'assassin présumé – serait tout à fait
plausible. Mais pour quelle raison vouloir
faire porter le chapeau à Océane ? Ça n'a pas
de sens.

— Alex ?

Je reviens à la réalité. Océane a-t-elle
compris que c'est Laura la meurtrière ? Je le
crois, oui. Il est inutile que je lui raconte
l'histoire du mouchoir. Elle doit s'en douter,
à présent. Cependant, il est probable qu'elle
refuse de l'admettre. Elle ne le peut pas, ce
serait trop insupportable pour elle. Alors
c'est pour me l'entendre dire qu'elle est
venue me rejoindre. Pour que ce soit un
témoin extérieur, sans rapport avec sa famille,
qui la mette devant l'évidence.

Ses yeux, fixés sur les miens, se font
presque implorants. Jamais je ne l'ai vue
ainsi, aussi fragile, aussi déstabilisée. J'en ai
la gorge serrée.

— Alex, tu dois me dire… Qu'est-ce que
tu as entendu ? Il faut que je sache…

— Ta grand-mère utilise des mouchoirs
en tissu ?

Océane ouvre de grands yeux.

— Quel rapport? demande-t-elle, étonnée.

— Je crois que l'objet ramassé par Raffier dans le square, dimanche, était un mouchoir. Qui appartient à ta grand-mère. Et il le lui a rendu.

Océane ne répond pas. Elle a l'air abîmée dans un gouffre de perplexité. Puis elle murmure :

— Oui, Laura utilise des petits mouchoirs brodés. Ils lui viennent de sa mère, je crois, et elle y tient beaucoup.

Je lui répète alors, aussi exactement que possible, les bribes de phrases que j'ai entendues plus tôt. Océane m'écoute en silence, pensive. L'angoisse, sur son visage, cède la place à une profonde tristesse.

— Si je saisis bien, dit-elle au bout d'un moment, non seulement Raffier n'est pas animé de mauvaises intentions à son égard, mais il la protège.

— Oui, et je comprends aussi à présent le pourquoi de toutes les questions qu'il m'a posées. Il savait parfaitement que c'était ta grand-mère et non pas toi-même qui était passée dans la rue en courant juste après le meurtre. Mais il voulait s'assurer de ce que j'avais réellement vu, il voulait vérifier qu'il n'existait aucun autre témoin oculaire que lui.

Océane hoche la tête.

— Bon, tout ceci expliquerait *comment* les choses se sont passées. Mais cela ne nous donne pas le *pourquoi*. Quelle raison avait Laura de tuer Matteo? Et pourquoi mon blouson, pourquoi mon couteau? Pourquoi ces détails qui m'incriminent? C'est invraisemblable. Je n'arrive pas à croire que ma grand-mère m'en veuille.

— A-t-elle changé de comportement vis-à-vis de toi, depuis samedi soir?

— Oui... non... Enfin, elle me semble au contraire plus douce que jamais, plus protectrice. C'est à n'y rien comprendre.

Une idée, lentement, commence à prendre forme dans mon cerveau. Si l'affaire paraît aussi incohérente, aussi paradoxale, c'est sans doute parce que, depuis le début, nous raisonnons de travers. On a toujours tendance, devant un crime, à penser en termes simplistes: d'un côté, le bien; de l'autre, le mal. La victime est automatiquement rangée du côté du bien, l'assassin de l'autre. Et si c'était l'inverse?

Si c'était Matteo qui avait agressé Laura? Celle-ci, en se défendant, l'aurait accidentellement tué. Cette mort, de toute façon, est indubitablement liée à la découverte du cadavre de Natasha dans le lac. C'est cette information qui, huit ans après la disparition de la jeune femme, a tout déclenché. Et je crois que j'en devine la raison.

Je me souviens des mots de Raffier. «Pourquoi t'imagines-tu que deux hommes se disputent, Alex? Il n'existe que deux raisons.» J'avais alors évoqué l'argent. Puis la discussion avait tourné court et nous n'avions pas parlé de la deuxième. Qui me semble évidente, pourtant. La jalousie…

Arlindo surpassé dans son art par son élève, Arlindo perdant sa belle protégée au profit de ce même élève plus jeune que lui, plus beau que lui, plus brillant que lui. Arlindo se voyant tout perdre, perdant surtout la tête…

Tant que Natasha demeurait vivante – officiellement du moins –, Matteo Arlindo n'était qu'un *looser* parmi d'autres. Et la mort de Frank pouvait passer pour un suicide ou un accident. Mais la preuve de l'assassinat ignoble de Natasha, révélé par la presse, avait changé la donne.

Seuls ses proches ou les membres de sa famille pouvaient mettre un nom sur le squelette découvert dans le lac. Laura avait immédiatement compris. La lettre de Natasha était probablement un faux. Forgé par Arlindo lui-même? Nous ne le saurons sans doute jamais.

Quoi qu'il en soit, Laura, en lisant le journal, a sans doute compris tout de suite. A-t-elle immédiatement soupçonné Arlindo, a-t-elle simplement voulu le rencontrer pour l'interroger? Et, d'ailleurs, savait-elle où il était passé depuis qu'il avait quitté le cirque?

Elle seule pourrait nous le dire.

19

HUIT LONGUES ANNÉES

Océane ne s'est pas montrée en classe ce matin.

Nous nous sommes quittés, hier soir, après que je lui ai fait part de mes pensées. Elle semblait épuisée, à bout de nerfs. Nous avons convenu qu'elle interrogerait discrètement sa grand-mère pour savoir ce qui s'était vraiment passé dans la nuit de samedi.

De mon côté, j'ai eu une nuit agitée et j'ai eu le plus grand mal à me lever ce matin. J'ai été étonné par l'absence d'Océane à l'école, mais ma surprise n'a pas duré. Ce qu'elle a à digérer est énorme et je la comprends. J'ai pensé que je ne devais pas la déranger. J'ai donc attendu qu'elle m'appelle. Ce qu'elle a fait dans l'après-midi, alors que j'étais rentré chez moi.

— Alors ? ai-je demandé.

Il y a eu un silence au téléphone, puis Océane a avoué, sur un ton un peu gêné :

— Je ne lui ai pas parlé…

Cette fois, c'est moi qui suis demeuré muet.

— En revanche, a repris Océane, j'ai rencontré Raffier ce matin, dans la rue. Je ne pouvais pas laisser passer l'occasion. J'ai passé une partie de la matinée chez lui.

— Comment ça s'est passé ?

— Je ne sais pas... Je ne sais pas comment dire, plutôt. Je ne suis pas à l'aise avec lui. Il s'est montré bienveillant, pourtant. Je lui ai dit que je l'avais vu hier soir près de l'écluse avec ma grand-mère, et que j'avais entendu leur conversation. Curieusement, il ne m'a pas semblé très surpris.

— Il sait que tu sais ?

— Je crois, oui. Mais ce n'est pas facile. Il ne parle qu'à demi-mot, par énigmes. Malgré son allure de vieux bonhomme sans histoire, il est rusé, tortueux. Il est difficile de savoir ce qu'il pense réellement, et plus encore de savoir ce qu'il *sait* vraiment. En fait, il ne m'a rien appris. J'en suis venue à me dire qu'il protégeait ma grand-mère, même contre moi-même.

— La famille du cirque plus forte que la famille de sang ?

— Non, pas vraiment. Je pense plutôt qu'il me prend pour une écervelée irresponsable, et aussi qu'il estime ne pas avoir à trahir les secrets de ma grand-mère. Si Laura veut me parler, elle le fera. Mais c'est elle qui décidera.

— Alors fais-le ce soir, Océane. Fais-le avant qu'elle ne s'emmure dans le silence.

— Oui, oui, bien sûr…

Océane semblait hésiter. Sans doute ne savait-elle pas comment amener Laura à lui faire ses confidences. Malheureusement, j'étais bien la dernière personne à pouvoir l'aider.

— Alex ? a-t-elle fini par articuler d'une voix légèrement tremblante.

— Oui ?

— J'ai un service à te demander.

— Tout ce que tu veux, Océane.

— J'en ai assez, de tous ces secrets. De ces secrets de famille qui rancissent, qui moisissent, qui empoisonnent des vies entières alors qu'il suffirait peut-être de crever l'abcès une fois pour toutes pour s'en libérer.

— Je ne comprends pas…

— Je vais faire parler Laura, Alex. Mais je veux un témoin. Je veux un témoin neutre – ou du moins qui ne soit pas malveillant. Quelqu'un en qui j'aurais confiance, quelqu'un avec qui partager ces zones d'ombre qui ont brisé ma vie avant même qu'elle ne commence.

Son émotion était palpable, même à travers le téléphone. J'en étais bouleversé.

— Je n'ai pas d'amis, Alex. Du moins, je n'en ai qu'un seul. Alors voilà. J'aimerais que tu viennes chez moi. J'aimerais que tu assistes à la discussion.

— Tu n'y penses pas, Océane! Ta grand-mère refusera de parler devant un étranger.

— J'y ai réfléchi. Tu resteras dans ma chambre. Je laisserai ma porte entrouverte et tu entendras tout ce qui se dira dans le salon. L'appartement est minuscule, tu le sais.

J'étais abasourdi. Je ne savais que répondre. Je n'y croyais pas…

— Alex?

La voix d'Océane m'a traversé le corps, me faisant frissonner de partout. J'ai dit oui, comme dans un songe.

— Viens à neuf heures, a proposé Océane. Je t'attendrai en bas. Max travaille ce soir, il ne sera pas là. Laura sera dans sa chambre, elle ne te verra pas entrer. Tu t'installeras dans la mienne. À partir de là, ce sera à moi de jouer.

— Tu es sûre que c'est ce que tu veux?

— Certaine.

C'est ainsi que je suis là depuis une dizaine de minutes, assis du bout des fesses sur le lit d'Océane. Personne ne m'a vu pénétrer dans la maison. J'entends du bruit dans le salon. Océane est allée chercher sa grand-mère dans sa chambre, après avoir préparé une tisane.

La vieille dame a marmonné quelque chose. Sa voix ne m'a pas paru correspondre à la silhouette svelte et agile qui est pourtant celle de l'ancienne écuyère. Une voix brisée, fatiguée, abîmée. Le silence a duré longtemps, pesant, lugubre, à peine ponctué par le tintement des tasses.

Puis Océane s'est lancée :

— Laura, j'ai tout compris. Je t'ai vue hier avec Raffier. Je vous ai entendus. Je sais ce que tu as fait samedi dernier. Enfin, j'en sais une partie. Je sais que tu n'as fait que te défendre. Mais tu ne peux plus garder ce secret pour toi seule. J'en fais partie. Quelqu'un m'a vue m'enfuir du square. Du moins, quelqu'un t'a vue t'enfuir, revêtue de mon blouson. Mon couteau est entre les mains de la police. Je suis dedans jusqu'au cou. TU DOIS me dire ce qui s'est passé.

— Un témoin ? a murmuré Laura, abattue.

— Oui, et d'ailleurs tu le sais très bien. Tu sais aussi que ce témoin ne dira rien. J'en réponds. Mais il faut que je sache. Il s'agit de mon père, de ma mère, de moi-même. Tu ne peux plus te taire.

J'entends Laura soupirer. Je me sens mal à l'aise. Qu'est-ce que je fais là, comme un espion, comme un voyeur? J'ai l'impression de tricher, de tromper cette vieille dame qui a pourtant vécu assez de drames. Je me sens malhonnête. Mais Océane… Ce qu'elle m'a demandé est une preuve de confiance. La trahison aurait été de refuser. Je ne bouge pas.

— Tu as raison, ma belle, prononce enfin Laura. C'est ton histoire. Je me suis tue pendant toutes ces années parce que je n'avais pas de preuves, même si je soupçonnais depuis longtemps la vérité. Une part de la vérité, en tout cas. Je savais depuis quelques années où vivait Arlindo. Déchu, au bout du rouleau. Mais je n'étais sûre de rien. Natasha n'avait jamais reparu…

La voix de Laura se brise. Je crois qu'elle pleure. Océane se lève. Je l'entrevois rapidement, passant devant la porte. Elle s'assoit à côté de sa grand-mère, passe un bras autour de son épaule, dépose un baiser sur sa joue.

— C'est quand tu as appris la découverte du corps et du pendentif à la dent d'ours à Saint-Jean-de-Matha que tu as compris?

— Oui. Après huit ans. Huit longues années d'incertitude, de souffrance. Mes deux enfants disparus. Car je considérais Natasha comme ma fille. Je n'ai jamais cru à cette histoire de lettre. Pourtant, lorsque je l'ai reçue, je l'ai brûlée de rage. Je l'ai toujours regretté. Qui sait si on n'aurait pas pu déterminer qui l'avait vraiment écrite?

— Tu n'avais pas reconnu son écriture?

— Natasha n'écrivait guère plus que Frank ou que moi-même, ma petite. Mais je crois bien n'avoir jamais vu une vraie lettre d'elle.

— Qu'as-tu fait, alors?

Laura, de nouveau, pousse un long soupir. Puis elle reprend enfin son récit, d'une voix éteinte.

20

LE RENDEZ-VOUS NOCTURNE

« Je voulais savoir. J'ai donné rendez-vous à Arlindo dans le square Sir-George-Étienne-Cartier. Mais il me fallait endormir sa méfiance. Je lui ai dit que j'avais retrouvé des affaires lui appartenant en rangeant d'anciens objets de Frank. J'ai pris l'air le plus enjoué possible, même si cette comédie me répugnait. Qu'importe, il a semblé mordre à l'hameçon. Nous devions nous retrouver à onze heures près de la passerelle, sur le canal.

— Mais pourquoi avoir pris mon blouson ? demande Océane.

Je devine l'embarras de Laura. Celle-ci met un certain temps avant de répondre.

— Jamais je n'ai eu l'intention de t'impliquer dans cette affaire, Océane. Tout ce que je voulais, c'était frapper l'imagination d'Arlindo pour le déstabiliser. Je voulais qu'il avoue, rien de plus. En portant le blouson de Frank, je me suis dit que ça lui ferait un choc, que le passé reviendrait le hanter et qu'il serait troublé, qu'il craquerait plus facilement. Peine perdue, je crois. Il était ivre quand il est arrivé au square. Une épave. Il me dégoûtait. Il m'a tout de même paru surpris. Je ne lui ai pas laissé le temps de réagir. Je ne lui ai posé aucune question, attaquant d'entrée de jeu.

« Je lui ai affirmé que je savais tout, que je savais ce qu'il avait fait, tant à Frank qu'à Natasha. Mon regard était dur, ma voix ferme. Huit ans d'attente, huit ans d'incertitude, huit ans à me ronger les sangs… Pourtant, en moi-même, je me sentais fragile. S'il n'avouait pas immédiatement, je risquais de perdre pied et de lui donner l'avantage.

« Mes craintes étaient vaines. Il n'a cherché ni à nier ni à se justifier. Il a ricané et s'est moqué de moi. Il a tout avoué avec un cynisme qui devait sans doute plus à l'alcool qu'à son véritable tempérament, à celui qui était le sien autrefois, en tout cas. Le Matteo de l'époque était loin. Celui-ci était rempli de haine et de mesquinerie. Il a osé me parler de ses souffrances, du malheur qu'il avait éprouvé lorsque Natasha était tombée amoureuse de Frank et qu'elle l'avait épousé, de son dépit de voir que Frank, grâce à son talent, l'éclipsait sur la scène.

« À plusieurs reprises, il avait tenté de séduire Natasha qui, à son grand désespoir, le considérait davantage comme un père que comme un amant possible. Il avait commencé à boire, et très vite sa collaboration au numéro qu'il exécutait avec Frank était devenue dangereuse. Les disputes avaient commencé, s'envenimant de plus en plus au fur et à mesure que le temps passait.

« Puis il avait échafaudé ce plan diabolique. Contrefaisant plus ou moins l'écriture de Natasha – ce qui n'était pas très difficile, celle-ci étant assez malhabile –, il avait rédigé lui-même la lettre dans laquelle Natasha prétendait vouloir fuir sa famille. Il l'avait tuée le soir même, après de longues hésitations, ne supportant plus de la voir se refuser à lui et préférant en finir ainsi avec la faillite de ses espoirs. Il était ensuite allé se débarrasser du cadavre dans un lac très peu fréquenté, près de Saint-Jean-de-Matha, après y avoir creusé un trou dans la glace.

« Il lui avait été facile, par la suite, d'inciter Frank à la boisson, celui-ci étant désespéré et parlant d'abandonner le cirque. Un soir, alors que Frank s'était laissé aller à boire hors de toute limite, entraîné par Matteo, celui-ci l'avait poussé du haut de l'escalier et mon pauvre Frank s'était brisé la nuque sur le trottoir.

« J'étais sidérée par ces aveux, par ces crimes qu'il ne semblait même pas regretter. Le monstre m'apparaissait soudainement en pleine lumière. J'ai pensé à mes enfants, j'ai pensé à toi, Océane, à ce que ce fou t'avait pris dans sa folie meurtrière, à ce qu'il avait fait de ta vie.

« Folle de rage, je me suis lancée sur lui. Mais malgré sa décrépitude, il était encore fort et il m'a saisie par les poignets avant de me jeter au sol. J'ai alors senti le couteau, dans la poche du blouson. L'étui s'était ouvert. Je l'ai discrètement dégainé et je me suis relevée pour me jeter de nouveau sur lui. Je suis encore solide, tu le sais, mais Matteo l'était davantage que moi. Nous nous sommes empoignés violemment. Je crois que c'est à ce moment que mon mouchoir est tombé. Je me suis dégagée et j'ai reculé de quelques pas pour reprendre mon souffle et me remettre en garde.

« C'est lui qui s'est alors précipité sur moi. Il m'a attrapée par le col du blouson et j'ai perdu l'équilibre. Je suis tombée sur le dos, l'entraînant dans ma chute. Il a poussé une espèce de cri étouffé, puis il s'est affaissé sur moi et n'a plus bougé. J'ai eu beaucoup de mal à me dégager du corps, que j'ai tout de même réussi à faire rouler sur le côté, près de la mare aux roseaux.

« C'est en voyant Matteo couché sur le dos, la nuque dans l'eau, que j'ai compris. En tombant, il s'était empalé lui-même sur le couteau, que je tenais fermement dans ma main droite. J'ai eu la présence d'esprit de regarder autour de moi pour voir si quelqu'un avait assisté à la scène. J'ai alors aperçu Alex, entre le rideau de roseaux. Il arrivait par la rue Saint-Ambroise. J'ai paniqué et je n'ai pas pensé à récupérer l'arme.

« Me courbant au maximum, j'ai fait le tour du square par l'autre côté en profitant du couvert des arbres et des buissons, et j'ai rejoint Saint-Ambroise au moment où Alex arrivait près des roseaux. Je me suis demandé s'il m'avait vue, et j'en étais malade car, pour lui, étant donné que j'ai la même taille que toi, il était fatal qu'il te prenne pour la meurtrière. Heureusement que Lucien Raffier traînait dans le voisinage. Il avait vu Alex traverser la rue Saint-Rémi et il m'a promis qu'il allait le "cuisiner".

« Malgré cela, depuis, l'angoisse ne m'a plus quittée. Je ne voulais pas le tuer, tu comprends ? Je voulais savoir. Savoir qui m'avait pris ma famille. Et je t'ai entraînée à ton corps défendant dans une histoire atroce, toi que j'ai toujours voulu protéger. Je le regrette.

«Je te demande pardon, ma petite fille.»

Il y a eu un long silence, puis Océane a déclaré :

— Tu n'as pas à demander pardon, Laura. À qui que ce soit. Tu as fait ce que tu devais faire et ceci restera à jamais entre nous. Tout ce que je te demande, moi, c'est de ne plus jamais en parler. À personne. À personne, tu m'entends ? Surtout pas à la police.

Laura a murmuré quelques mots que je n'ai pas distingués, puis j'ai entendu des sanglots étouffés. Et, de nouveau, ce silence sépulcral.

— C'est fini, maintenant, a encore chuchoté Océane.

Je suis partagé entre la honte et la tristesse. Mon malaise est à son comble. Je ne peux même pas sortir par la fenêtre, il n'y en a pas.

Je suis prisonnier dans cette pièce minuscule...

21

DEMAIN EST UN AUTRE JOUR

Ce n'est qu'une heure plus tard que je suis sorti de chez Océane, bouleversé. Quand sa grand-mère a enfin réintégré sa chambre, elle est venue me chercher dans la sienne et m'a conduit jusqu'à l'escalier extérieur, sans un mot. Elle avait les yeux rouges et encore humides. J'ai voulu l'embrasser, mais je me suis senti tellement stupide que je ne l'ai pas fait.

Je suis rentré chez moi à pas lents, perdu dans un flot de pensées contradictoires. Mes parents étaient déjà couchés. Il y a longtemps que nous ne vivons plus dans le même univers.

Je ne sais plus dans quel monde je vis, je ne sais plus quelle est ma place. Je ne sais pas ce que sera demain. Quelque chose me dit que je ne reverrai jamais Océane. Qu'elle va quitter ce quartier et que je n'aurai plus de ses nouvelles

Après une mauvaise nuit, je décide de ne pas aller à l'école. Ma mère, pour une fois, s'inquiète.

— Tu as mauvaise mine, Alex. Tu ne travailles pas trop ?

Le travail… Le travail est une explication à tout. Il n'y a rien hors du travail, hors de la morale du travail. Voilà ce que professent mes parents depuis que je suis né. Mais la morale du travail est une morale d'esclaves, disait Bertrand Russel. Je ne veux pas être un esclave. Je reste donc couché toute la journée du jeudi…

Le lendemain, je retourne en classe. Sans conviction. Une seule chose m'intéresse. Mais Océane est absente. Un ami, que j'ai un peu délaissé ces derniers temps, m'informe qu'elle était là hier matin et qu'elle m'a cherché, mais qu'elle ne s'est pas montrée de l'après-midi.

Il est clair qu'elle n'ose pas plus me téléphoner que je ne l'ose moi-même. Comme si aucun de nous deux ne pouvait se résoudre à faire le premier pas. Mais quel premier pas ? Où est le problème ? Je ne comprends même pas ce qui me gêne…

Le soir même, indécis et désœuvré, je m'en vais errer le long du canal. J'ai besoin d'obscurité et de solitude. Il est tard et même monsieur Raffier – pauvre Raffier, que j'ai soupçonné du pire ! – sera rentré chez lui. Je me traîne péniblement jusqu'à l'écluse.

C'est presque avec soulagement que je reconnais sa silhouette, assise sur un des bancs. Car c'est pour elle que je suis venu, bien sûr. Je me rends compte que c'est l'espoir non avoué de la retrouver qui m'a entraîné jusqu'ici. M'attendait-elle, elle aussi? Avant même qu'elle ne puisse m'entendre, elle tourne la tête vers moi et m'aperçoit.

Océane ne dit pas un mot tandis que je m'assois près d'elle. Je n'ose pas la regarder. Tout à coup, je sens sa main se poser sur ma cuisse. Ses doigts me semblent d'une douceur extraordinaire. Je place ma main sur la sienne. Puis sa tête se penche, s'appuie sur mon épaule.

— Où étais-tu? murmure-t-elle.

— Je ne sais pas… Nulle part.

— Pourquoi ne m'as-tu pas embrassée?

La question me prend de court. Mais elle a raison: pourquoi ne l'ai-je pas embrassée avant-hier soir? Parce que je suis un imbécile, sans doute.

C'est ce que je lui dis, penaud, à voix basse.

— Tu n'es pas un imbécile, Alex. Tu es quelqu'un de bien. Je voudrais oublier tout ce qui s'est passé ces derniers jours. Je voudrais être heureuse. Même un instant. Mais pas avec n'importe qui.

Je rougis jusqu'à la racine des cheveux. À mon âge! Heureusement qu'il fait nuit.

— Embrasse-moi.

Je passe un bras sur son épaule. Je murmure:

— Il ne s'est rien passé ces derniers jours. Rien du tout. En tout cas, je n'ai rien vu. Personne n'a rien vu.

Océane tourne enfin la tête vers moi. Ses yeux sont immenses. Je me penche vers elle et je l'embrasse enfin. Je l'embrasse à perdre haleine.

Saint-Henri ne m'a jamais paru aussi joli.

LISTE DES CLASSES QUI ONT PARTICIPÉ À L'ATELIER D'ÉCRITURE

Belgique:
École Sainte-Foy de Wellin, classe d'Hélène Knapen, Liège
École libre du Christ-Roi, classe de Cédric Declercq, Herseaux
Institut du Sacré-Cœur de Flémalle, classe d'Anne Poucet, Flémalle
École Européenne de Bruxelles IV, classe de Xavier Verriest, Bruxelles
École Européenne de Bruxelles IV, classe d'Anne Abaudion, Bruxelles
École Européenne de Bruxelles IV, classe de Benjamin Leloup, Bruxelles
École Européenne de Bruxelles IV, classe de Valérie Aubard, Bruxelles

Burkina Faso:
École du Baobab, classe de Moussa Ndao, Ndiaganiao
École Elhadji Codé Ndiaye, classe de Birame Ka, Ndiaganiao

Suisse :

École de Pré-Picot, classe de Jill Von Aarburg, Cologny

École française de Genève, classe de Patrick Kolb, Genève

École de Genthod, classe de Sabrina Dovat, Genthod

Centre scolaire d'Uvrier, classe de Sébastien Fournier, Uvrier - Sion

École primaire de Vauseyon, classe de Patrick Amez-Droz, Neuchâtel

École primaire de Thielle-Wavre, classe de Corinne Von Gunten, Wavre

École primaire de l'Ouest, classe de Danièle De Pietro, La Chaux-de-Fonds

École de Jolimont, classe JO8 de Monique Gilliéron, Prilly

TABLE DES MATIÈRES

Les titres de la collection Atout

* Lecture facile   ** Lecture intermédiaire   *** Lecture difficile

Suivez-nous

GARANT DES FORÊTS
INTACTES

Réimprimé en juillet 2016
sur les presses de l'imprimerie Marquis-Gagné
Louiseville, Québec